Sonya
ソーニャ文庫

契約夫は待てができない

秋野真珠

JN128845

イースト・プレス

contents

序章

ひとつ、お互いの利益に従うこと
ひとつ、本当の夫婦のように愛し合うこと
ひとつ、信じ合い、他の異性を見ないこと
ひとつ、この契約を全《まっと》うすること

以上のことを約束します
寺嶋《てらしま》　政喜《まさき》
町田《まちだ》　詩子《うたこ》

私、頭おかしいんじゃないの。

町田詩子は、この気持ちの悪さと頭痛は三日酔いか何かだろうかと、眩暈《めまい》のするような現実を前にして自己嫌悪に陥《おちい》っていた。

いくらせっつかれたからって、実際に結婚してしまうなんてありえない。

しかも相手は、たまたまその日に知り合っただけの、素性《すじょう》も何もかもまったく知らない、本当に初対面の、男だ。

さらに、結婚したからと言って即《そく》寝てしまうなど、やっぱり自分は、頭がどうかしていたに違いないのだ。

たとえ、下の妹たちが全員結婚してしまい、二十九になる長女の自分が未だに独り身であったとしても、そこにはそれなりに理由があったのだから。

なのに、こんなにも簡単に、詩子は独身でなくなってしまった。

目が覚めても、夢じゃなかった。

もう一晩眠っても、夢にはならなかった。

会社に来て、それをしっかりと自覚させられた。

気持ちの悪さを抱える身体でも、それくらいは理解できるようだ。

けれど、夢であってほしいと願うのは、悪いことだろうか。

月曜の朝は、フロアの全部署で部署ごとに朝礼が行われている。

詩子の会社は、このビルの十二階と十三階を占めるが、十三階は資料室と会議室になっており、詩子のいる総務部は十二階の一角にある。

フロアの中央では、営業部が同じように朝礼をしていた。

入口近くに目隠しのためのパーテーションがあるだけなので、どこにいてもフロア全体が見渡せる。

話しやすくて便利だと思っていたが、詩子は初めて、この開放的なフロアを呪《のろ》った。

「あ、詩子さーん！　僕はここにいます！」

この、能天気《のうてんき》にも、朝から大声で存在を主張する男が、昨日から自分の夫となった現実においては。

一章

先週末の土曜日。その日は妹の結婚式が執《と》り行われた。

七つ歳の離れた妹はまだ二十二歳で、大学を卒業し就職したばかりだった。

新しい職場では新しい出会いがあり、新しい恋もあったようだ。結婚を決めるには少々早いのではないかと思ったが、喜びを堪《こら》えきれないといった妹の様子を見ていると、まぁいいか、という気になってくる。

結局、妹が幸せなら家族も幸せなのだ。

そもそも一年前、さらに下の妹たちが学生の身でありながら結婚していた。今年二十歳になったばかりの彼女たちは双子で、生まれた時から一緒にいて、何でもお揃《そろ》いにしたがったが、結婚まで揃えなくてもよかったのではないだろうか。

そうは思っても、妹たちの結婚に不満はない。

ただ、下が片付いたことで、両親と妹たちの目がすべて長女である詩子に向いた。

「お姉ちゃんは――最近、どうなの？」

「お前が仕事を頑張っているのは知っているが、それだけで生活は充実しないだろう？」

両親は笑顔だったが、心配されているのがはっきり伝わってくる。

何しろ、二十歳と二十二歳の娘が結婚しているのに、もうすぐ三十路の娘が独り身でいるのだ。

近頃は晩婚も珍しくないと思うが、実際三十歳の大台に乗ろうとしている娘を間近で見れば、心配になるのも親として普通のことかもしれない。

「お姉ちゃんだもの、大丈夫よね」

「やだ、姫《ひめ》ちゃん、誰も心配してないよぉ、だってお姉ちゃんだよ？」

「そうだよ、お姉ちゃんだもん。きっとすごい人と結婚するに決まってるよぉ」

妹たちは上から、姫子《ひめこ》、紫音《しおん》、梨音《りおん》だ。

彼女たちの「お姉ちゃんだもの」という信頼は、いったいどこから来ているのだろう。

二十五の時、当時の彼氏と別れて以来、誰とも付き合うような関係に至らず、むしろ恋愛などというものから一番遠い場所で生きてきた詩子としては、家族の無邪気な期待は心が痛かった。

苦しかった。

正直に言えば、辛いとも感じていた。

きっと彼らは、詩子が結婚はしないと言っても、受け入れてくれるだろう。

ただ彼らは、恋をすること、新しい家族を見つけることこそが幸せであると信じているのだ。

それを詩子が望めないとわかったら、どれほど悲しむだろうか。

私は、家族を悲しませる存在になってしまったの？

詩子は、相次ぐ結婚に浮かれる家族から、少し距離を置きたいと初めて思った。

けれど詩子は、どうしても家族を切り離すことはできない。

自分が傷ついたとしても彼らが大事で、その笑顔が曇るのは見たくないのだ。

歳の離れた妹ができた時から、詩子は「お姉ちゃん」になった。

妹のために、両親のために、詩子は家族想いのしっかり者になったのだ。

そしてその「お姉ちゃん」像を、詩子は自分から壊すことなどできない。

喜びに満ち溢れた家族に、張りつけたような笑顔で曖昧《あいまい》な答えを返し、詩子はひとり飲みに逃げてしまった。

今日は、妹の結婚式が行われたホテルに一泊する予定だ。妹たちは披露宴《ひろうえん》のあとの二次会へ行くべく盛り上がっていたが、詩子は遠慮した。妹の結婚式に集まった面々の中で、もうすぐ三十路の詩子は目立ちまくっていたからだ。

そのため詩子は、結婚式が催《もよお》されたホテルのバーで、夕方からカウンターの隅の席を陣取り、空しいひとり酒に浸《ひた》っていた。

　最初は、飲んで寝て、このもやもやとした気持ちを発散してしまおう、と思っていたのだが、普段よりも気持ちが沈んでいたのかもしれない。いつも以上に酒が進んでいた。人並みに飲める詩子だが、つまみもなくただ杯を重ねる飲み方はあまりよくなかったようで、次第に頭がぼんやりとしてきていた。

　けれど意識がなくなるわけでもないので、一杯をゆっくりと飲み干し、次を注文する。

　いったい、どれほどぼうっとしていたのか。

　いつの間にか、詩子の隣に誰かが座っていた。

「……そうか、結婚をね」

「うん……結婚なの」

　いや、会話をしていたのだから、まったく気づかなかったわけではない。ただ、相手が誰なのかは認識できていなかった。

　詩子はすでに相当酔っていたのだろう。

　普段なら絶対にありえない状況で、自分の気持ちを見知らぬ相手に吐露《とろ》していたのだから。

「別に、妹たちを、ひがんでいるわけじゃないの。あの子たちが幸せなら、それでいいの。お父さんもお母さんも、嫌いじゃないの。私のことも、ちゃんと想ってくれてるもの……でも、私が結婚してないのって、そんなにおかしなこと？　だめなこと？　私、家族の期待を裏切ってるの？　結婚してない私は、嫌いなの？」

「——詩子さんは、だめじゃないですよ。素晴らしい人ですよ。そんなこと、世界中の誰もが知っていることです」

「……そうなの？」

「そうです。僕が保証します」

「詩子さんのご家族だって、詩子さんを嫌いになったりしない」

「……そうかなぁ？」

「そうです——不安なら、僕と、結婚しますか？」

「……結婚？」

「結婚すれば解決するんじゃないですか？」

「結婚、したいわけじゃないの」

「そもそも、何で結婚しなきゃならないんですか？」

「しなきゃならないわけじゃないのに……でもしないと、どうして？　って、まだ？　って、相手がいないなら紹介——」

「詩子さんの結婚相手は僕だから、結婚していなくて当然ですよ」

「私だって、わかってる。わかってるもん。でも仕方ないじゃない。気づいたらこの歳だったんだもん。結婚したくなかったわけじゃないもん。相手が――」

「だから、相手は僕だったんです。貴女は、僕を待っていたんです」

「……あなた、誰だっけ？」

「貴女の夫になる人です」

「そう、だっけ？」

「そうです。貴女を一生愛する男です。だから、ね？　僕と結婚しませんか」

「でも、結婚は……」

「実はね、僕も結婚する必要があるんです。貴女も結婚を期待されてる。じゃあ、お互い都合がいいんじゃないでしょうか？　こういうの、なんて言うんでしたっけ……契約結婚？」

「けいやくけっこん」

「そうそう。じゃあ、条件を決めましょう。貴女がこの結婚に、納得できるように」

「じょうけん」

アルコールのせいで思考力が低下していた詩子は、ただ舌足らずに言われる言葉を繰り返していた。

「そう、まずは、お互いの利益のための結婚であること」

「うん」

「それから、結婚するんですから、ちゃんと愛し合うこと」

「うん」

「それから――」

「細《こま》かくない？」

「もちろんです。でないと、後で困るでしょう。最後に、署名してください、ここ、ほら」

「はい、わかりました」

詩子は、やっぱりひどく酔っていたのだろう。

気づけばホテルの部屋に戻っていたし、見知らぬ男が側にいて、出された書類に名前を書いていた。

その書類が何だったのかも翌朝になるまで気づかないほど、心地よい酩酊《めいてい》感に身を任せていた。

「じゃあ、今夜は初夜ですね」

「……しょや？」

「そうです、詩子さん……僕と貴女の、大事な最初の日です」

「……さいしょ、の、ひ」

「そう」

終始口元に笑みを浮かべていた男は、詩子に近づいて、唇を重ねた。

「……ん」

詩子は自分がいつの間にかベッドの上に転がっていることに気づいたが、どうしてこんな格好なのかはわからないままだ。

ただ、啄《ついば》むだけの優しいキスと、詩子のほどけた髪を梳《す》く長い指の気持ち良さに気を許し、自然と唇を開いていた。

「……ん」

男の舌が口の中に入ってきている、とわかっているのに、詩子は優しい動きに抗《あらが》う気も起こらず、ただ受け入れる。

男は、大切なものを包むように詩子の頬に触れ、その舌は巧《たく》みに詩子の口腔を探る。詩子の反応を引き出すのに成功した彼は、嬉しそうな声で言った。

「……キス、好きですか？」

「んっ……きも、ち、いい」

舌の裏を擽《くすぐ》って逃げる男の唇を追いかけるように、詩子は自ら口を開いて誘っていた。

そんなことをしたのは人生で初めてだったのに、詩子に自覚はない。

優しくて、気持ちいい――

押しつけられるものではなく、誘われるようなそれに、詩子は初めて、キスは気持ちの良いものなのだと知った。

「たくさん、してあげます。詩子さんのすべてを知りたいから、全身、キスしたい」

「……うん、して」

ぼんやりとしたまま返した詩子は、本当に正気ではなかった。

ただ、気持ちいいという本能に従っているだけだった。

不安も恐怖も感じない男の手つきに、普段の詩子ではありえないことをした。

「……もっと」

詩子は自分から誘うように男の背中に手を回し、顎《あご》を上げてキスをねだった。

「——詩子さん、理性がキレそう……」

「——んんっ」

男の声はどこか切羽詰まったようだったが、肌を愛撫する手も、そこを舐《な》めようとする唇や舌も、絡《から》まる四肢《しし》も、詩子に触れるすべてが優しかった。

「あ、あ、あっ」

詩子はあっという間に裸になり、彼の言葉通り全身を知られることになった。

胸の先端を何度も啄まれ、男の唇が触れるだけで腰が跳ねる。

その腰を押さえつける男は、脚の間に自分の腰を押しつけていた。

「——きもちいい……詩子さん、これだけでイきそうです」

「あ――っや、わた、し……っ」

「詩子さんも、イきますか？」

「あっあっや、そこ――っ」

詩子の秘所に手を伸ばした男は、充分に濡れているのを確かめるように全体を撫《な》で、指を中へと潜らせる。

「あ、あ――……ッ」

詩子の内側を探る長い指は動きが巧みで、詩子はすぐに達してしまった。

その衝撃で荒い呼吸を繰り返す詩子に、男はまだ終わっていないと教えるようにすぐに動きを再開する。

くちゅくちゅと音を立てながら、詩子の内襞を撫で、つんと硬くなった花芯を指の腹で強く押し上げた。

「あっあぁんっ」

「……中、ちょっとキツいですね？　ここは、気持ちよさそうなのに」

「あんっ」

男は詩子の反応を見て、指を引き抜いた。

「んん……っ」

正直、詩子には強い刺激だった。けれどそれがなくなってしまうのも物足りないと身体が正直に訴えていて、そろりと男を見遣《みや》る。

男は、その視線を待っていたとばかりに、詩子の愛液で濡れた指を見せつけるようにじっくりと舐めた。

「……っ舐めちゃ、いや」

理性がなくなりつつあった詩子に恥じらいを思い出させるほど、その姿はあまりに妖艶《ようえん》だった。

そこで今更ながら、この男の容姿が異様に整っていることを知る。称賛を受けるに相応《ふさわ》しい美しい彫像のようだった。

詩子をだめにする妖美な仕草に、危険なものほど美しいのかもしれないと考える。

そんなことを思ったのは、すでに詩子が男の妖しさに惹《ひ》かれていたからかもしれない。

これ以上踏み込めば逃げられなくなりそうで、詩子は彼を止めようとしたが、にっこりと笑う男は詩子をさらに堕落《だらく》させようとするかのごとく耳元で囁《ささや》く。

「詩子さんの味、もう忘れませんし、忘れられません。どこにいても、僕は詩子さんを思い出せる……いや、すぐに詩子さん成分が足りなくなってねだると思いますが」

「味、なんて、しない……っ」

詩子は小さく首を振ってみせたが、男は濡れた自分の唇をぺろりと舐める。

その艶めかしさは、詩子の身体をカァッと熱くした。

「すごく、美味しいですよ、詩子さん……もっと食べたい」

「あ、あん……っ」

囁いて、大きな身体でのしかかって来る。

逃げる場所などどこにもないのに、詩子はシーツの上で手をさまよわせて視線を逸らした。

男は詩子の膝《ひざ》を割り開き、さらに密着しようと身体を摺《す》り寄せる。

素肌で感じる男の肌は硬く、しかし熱かった。

思わず腰が動いたのは、ぴたりとくっついた肌を放したくないという詩子の本能なのかもしれない。

「詩子さん……」

「んあぁっ」

男がゆっくりと腰を前後に動かした。

硬く、どこよりも熱くなっていた性器が、詩子の秘所の上を滑《すべ》るように動く。襞をその切っ先で割るように進み、花芯を強く掠めて腰をぴったりと重ねる。それからまた腰を引き、もう一度、今度は花芯を押しつぶすように屹立を擦りつける。

それを何度も繰り返されると、堪えきれなくなった快感が涙になって零《こぼ》れてきて、詩子は男に縋《すが》りついた。

「あっあぁん、や、あ、ん――っ」

「気持ち、いいです……っ詩子さん、コレ、ヤバいな……っイきそう」

「き、きも、ち、い……ん、あぁっ」

挿入されたわけではない。彼の性器は詩子の熱く濡れた場所を行き交うだけだ。けれど詩子はその擦れるだけの熱に頭の奥まで融かされている。

徐々に速くなる男の律動《りつどう》に合わせるために、広い背中に必死に爪を立てた。

「詩子、さん――っ」

「あ、あっあぁ……っ」

男の声は切羽詰まっていて、最後は全身に力を入れて詩子を抱きしめていた。

その、あまりの強さに息苦しくなりながらも、男が一際強く屹立を擦りつけてきた時、肌の上に白濁を零されたことを感じた。その熱に、詩子も達していた。

全力疾走《しっそう》した後のように息を切らして脱力していた詩子は、ただベッドに手足を投げ出し、余韻に震える身体を感じていた。

「……ああ、詩子さん、全然、治まりません」

男がもう一度のしかかって来たのを、耳朶《じだ》に漏らされた吐息で気づく。

その声は、とても嬉しそうなものだった。

「――」

しかし詩子には、それに応える力は残っていなかった。

男の手がもう一度詩子の秘所に触れたのを最後に、詩子の意識は完全に途切れた。


詩子が次に目を覚ましたのは、ホテルのシングルベッドの上だった。

ブラインドから零れる光が眩しいと思ったのと同時に、何かに拘束《こうそく》されている苦しさに気づくが、目を覚ました瞬間は状況を把握することができなかった。

「――――な、に!?」

「おはよう、詩子さん。良い朝ですね」

自分の声がかすれていたことよりも、耳元で囁かれた声のほうに驚いた。

振り返ると、狭いベッドの上で落ちないように男が詩子に絡みついていた。

こんな、遮《さえぎ》るものなどひとつもない至近距離では、お互いの身体がどんなことになっているかなど一瞬でわかってしまう。

しかし詩子はそんな身体の反応より、間近に迫っていた男の顔があまりに整っていることに驚き、声を失くした。

「詩子さん、お腹空きませんか？　……このまま一日、ベッドの上で過ごすのもいいですが。詩子さんなら、僕あとどれくらいでも、いただけますし」

「――だれ!?」

つい悲鳴を上げてしまった詩子は、悪くないはずだ。

イケメンに分類される男がにこにこしながら、逞《たくま》しい身体で詩子を抱きしめて、正気と思えないことを言っているのだから。

詩子の叫びにもまったく気を悪くした様子のない男は、詩子の声が聞けて嬉しいというように一層笑みを深くした。

「詩子さん、自己紹介は昨日済ませましたよ。最後はあんなに名前を呼んでくれたのに」

「――嘘！」

そんな記憶は詩子にはなかった。

そもそも混乱した状態で、昨夜の記憶もはっきりしていない詩子にとっては、笑って迫って来る目の前の男など、たとえ顔が良くても恐怖を煽《あお》るものにしか見えない。

けれど、詩子の不信感丸だしの顔にも怯まない男は、最大級の笑顔で言った。

「寺嶋政喜です。貴女の――夫ですよ」

「――ッ」

明瞭な答えを聞いた途端、昨夜の出来事が頭に一気になだれ込んで来て、詩子はベッドに沈み込んでしまいたくなった。

ううん、消えたい……っ。

詩子の記憶は、残念ながらなくなっていなかった。

一番下の妹である梨音は、酒を飲めばすべてを忘れてしまう体質だ。危ないから飲むなといつも釘を刺していたが、今ばかりはその体質が欲しいと思った。

知らない男と一夜を共にしてしまったなんて、頭を打ってでも忘れてしまいたい。

恥ずかしくて埋まってしまいたい！

四年前、それまで付き合っていた男性にひどい方法で振られて以来、詩子はもう恋人を作ることはないだろうと思っていた。

この四年間、どんな人とも親密になることはなかったし、こんな関係になるような隙も見せなかった。

だというのに、酔っ払っていたとはいえ、見ず知らずの男と恥ずかしいアレコレをしてしまい、さらには――

詩子は昨夜の出来事を細部まで思い出し、がばりと顔を上げて叫んだ。

「婚姻届!?」

「あ、昨日の夜、詩子さんが眠ってる間に出しておきましたよ」

無意識の叫びに答えが返って来るとは思っていなかった。

そして、返事などなかったほうが幸せだった。

「初めて迎えるふたりの朝、気持ちいいですね」

どこが、何が――

詩子は本当に清々しそうに微笑む男に、いくら顔が良くてもやっていいことと悪いことがある、と睨《にら》み付けて叫びたかったが、自分がしたことはそれだけではなかったことも思い出した。

「……契約書……を、書いた？」

「あ、それはここに。ちゃんと、はい」

一度身体を起こした男が、サイドテーブルに置いてあった一枚の紙を詩子に見せる。

短い文だったので、すぐに読み切ることができた。

「――――」

読み直しても、見間違いなどどこにもない。

最後に書かれてあるサインは、確かに自分の直筆で、しかも印鑑まで捺《お》してある。

これは事務の仕事に携わる詩子に印鑑を持ち歩く習慣が身についていたせいだ。いつでもどこでも印鑑を持ち歩く癖《くせ》は時々重宝していたけれど、こんな日は呪いたくなってくる。

こんなの、騙《だま》し討ちだ、間違ってる――！

そう叫んで破《やぶ》いてしまいたかったが、男は昨夜と変わらない笑みで詩子に寄り添い、これからのことを夢物語の続きのように語り出した。

「僕、月曜日から詩子さんと同じ会社です。本社からの出向なんです。しばらく一緒に働けますね。家でも会社でも詩子さんの顔が見られるなんて、幸せだなぁ」

ほのぼのとする男を前にして、これは夢だと誰かが言ってくれないだろうか、とつい逃避しそうになる。

けれど逃げられる場所などどこにもなく、詩子は必死に頭を回転させて身体を起こした。

その身体は当然のごとく何一つ身につけておらず、詩子は慌ててシーツを巻きつけた。

「あ」

勢いよく全部を奪ってしまったせいで男の身体が露《あらわ》になり、詩子は慌てて半分戻す。

「――隠して！」

「別に詩子さんなら、いくらでも見てもらって構いませんが……昨日全部見たでしょう？」

その笑みには、詩子の身体も見たんだし、という意味合いが込められていることがわかっていたが、詩子はその記憶に蓋《ふた》をするように必死に首を横に振った。

「……っ恥じらいを！　いい大人は恥じらいを持たなければなりません！」

「……そう？　詩子さんがそう言うなら……まぁいいか」

男はシーツの半分を使って身体を隠した。とは言っても、胡坐《あぐら》をかき、腰回りにかけているだけだったので、引き締まった上半身は晒《さら》されたままだ。詩子はまたたじろぐが、できる限り見ないようにしようと諦め、視線をさまよわせながら口を開く。

「あの、そもそも……この契約ですが、えっと」

「昨日、何度も話したでしょう？　詩子さんは結婚する必要があって、僕も結婚するほうが都合が良かったって」

「私は別に、したかったわけじゃ……」

ない、と言いかけた詩子だが、昨日の自分がいつもの自分ではなかったとわかっているため言い淀《よど》む。

そもそも、あんなふうに酔っ払ったことだって人生初であり、あんなに酔っ払っていなければ、知らない男と一夜を明かすなどということにはならなかったはずだ。

「わかっています。ご家族の期待を裏切りたくないっていう優しい詩子さん。僕はそんな詩子さんだからこそ、助けてくれると思ったんですから」

「……助けるって、私が、誰を？」

詩子はぼんやりと、封印した記憶を少しだけ思い出そうとした。

男は笑顔のままで、詩子にもう一度言った。

「つまり、僕が動きやすいように、夫婦を装ってもらう、ということです」

「――――」

改めて言われると、それは衝撃の計画だった。

男はそこで、昨夜も話してくれただろう内容を繰り返す。

詩子の勤める館下建材《たてしたけんざい》の東支店で、横領《おうりょう》の疑いがあるのだという。男は、第三者が介入する前に穏便に事を収めたいという会社の意向と社長の命を受けて、本社の営業部から詩子のいる東支店に調査のため派遣されることになった。

その仕事を邪魔されないように、男は詩子と夫婦の偽装をするのだという。

実際に婚姻届を出されてしまったのだから、偽装でもなんでもないのだが、男ははっきりと、「詩子さんも『構わない』って昨日了承したわけですし」と言う。

その通りだ。

酔っ払って頭がどうかしていたとしか思えないが、詩子は彼の調査を手伝うつもりで婚姻届にも契約書にもサインをした。

横領なんて許せない、という正義感もプラスされていたが、冷静になると横領なんて本当にあるのだろうか、という疑いもある。

しかし嘘までついてこの男が詩子と結婚する意味がわからなかった。そして、『仕事を邪魔されないように』という男の言葉が引っかかって今更だが顔を顰《しか》める。

「どうして、あなたの仕事をする上で、結婚が必要なんですか？」

演技がどうのこうのというより、その理由が知りたい。

詩子の疑問に、綺麗な顔をした男は少し困ったような笑みを浮かべた。

「実は……自慢ではないんですが、僕は異性から声をかけられることが多くて」

でしょうね。

その顔を見る限り、自慢でもなんでもないことを詩子だって認めるしかない。こんなところで詩子を相手にしなくても、まさに指を鳴らすだけで女性を落とせるような容姿なのだ。

「僕としては、真面目に仕事をしたいし、あまり時間をかけることもできないので……それなら、最初から相手がいれば煩《わずら》わされないのでは、と思って」

「つまり――」

詩子は、そんなことを照れた様子で告白する男に半ば呆れながらも、彼の狙いに気づいた。

「――つまり私が、他の女の子たちの防波堤《ぼうはてい》になる、と？」

「最適な人選ですよね」

詩子の言葉を受けて、正解だ、と言うように笑う男は無邪気すぎて、かえって詩子の神経を逆なでした。

いったい誰が、『最適な人選』と賛同するのだろう。

よりにもよって私!?

詩子はすでに三十歳を目前にしていて、同僚たちからは恋愛の話題を遠慮され、女性社員たちからはライバルにすら思われていないような女なのだ。

男の目が、頭が、おかしいんじゃないだろうか、と顔を顰めながらも詩子は思い出した。

先週、詩子も話は聞いていたのだ。

本社から、東支店の業績アップのために営業のエースが来ると。

それがこの男のことだとしたら、詩子は全社員からどんな目で見られることか。それを想像し、背筋がぞっとした。

けれど、この男の言う横領が本当のことだとしたら、詩子は館下建材の社員として、協力しないわけにはいかない。

新卒で入社して七年、これまで真面目に仕事に打ち込んできた詩子は、この会社への愛着が強い。同僚たちも真面目な人が多く、成果が上がれば一緒に喜んできた。

その中の誰かが会社を裏切っているなんて信じたくはないが、噂やガセネタなどで社長が動くはずがないと詩子もわかっている。業績アップという名目で、実際には横領の調査のために社長がこの男を動かしたのなら、やはり詩子は見て見ぬ振りはできないのだ。

横領、と頭に思い浮かべてみて、詩子は社長の指示、ということにもう一度眉を寄せた。

「……でも、本当に横領なら犯罪だし、警察とかが介入してくるんじゃ――」

仮にその事実があったとして、会社が隠そうとしているのかもしれないと思うと、根が真面目な詩子は会社自体に不信感を持ってしまう。

詩子の気持ちをわかっているのか、男は何の不安もない笑みを浮かべて答えた。

「社長もすべてを隠すつもりはないでしょう。ですがまずは、横領の有無を調べてみないことには前に進めませんので」

そうはっきり言われると、複雑な気持ちが消えたわけではないが、詩子も頷《うなず》くしかない。

そして男は半裸のままとは思えない清々しい笑顔で言った。

「だから、今日から僕と夫婦ですね、詩子さん」

「――わかりました」

言いたいことがなかったわけではないが、いろいろな気持ちを抑え込んで、とりあえず詩子は神妙《しんみょう》に頷いた。

「一緒に幸せになりましょうね！」

「――でも、契約結婚だったら、これは必要なかったんじゃ!?」

まるで空気を読まないニコニコ顔の男がだんだん憎らしく見えてきて、詩子は思い出したくなかった今の状況を指摘する。

「……これ？」

きょとんとして訊き返すこの男と詩子は、素っ裸でベッドにいるのだ。

お互いの身体を隠すものは一枚のシーツだけだ。

夫婦なら不思議はない状況でも、契約結婚という歪《いびつ》な関係のふたりにはありえない状況のはずだ。

男は自分の身体と詩子の身体を確かめるように見て、こてり、と首を傾《かし》げた。

「夫婦ですし……それに、契約書にも書いてあるでしょう？　それを遂行《すいこう》しただけですが」

「……契約、書って……！」

詩子は、あの短い内容を思い出した。

ひとつ、本当の夫婦のように愛し合うこと

詩子の顔が茹《ゆ》で上がったように真っ赤になった。

「そんなの実際には必要が――！」

「僕、演技苦手なんですよねぇ……。だから、ちゃんとしないとすぐにばれちゃいます。それに僕たち、身体の相性とっても良かったですし、詩子さんもすごく喜んで……」

「そういうことをっ！　言わないで――ッ」

詩子は男の言葉を遮るように叫んで、真っ赤になった顔を伏せてそのままバスルームに駆け込んだ。そして目の前にあった鏡に気づいて視線を上げる。

そこに映った自分を見て、泣きたくなってしまった。

「――っ」

真っ赤な顔は置いておくとして、身体の至る所に赤い痕《あと》が残っている。確認するのが怖かったが、背中や、脚の間という見えづらい場所にもついているのだろう。

昨夜の自分の乱れ様が脳裏に蘇《よみがえ》る。

「うううっ」

詩子は呻《うな》りながらシャワーブースに飛び込み、全身を洗った。

洗ってなくなるものではないが、昨夜の記憶もどうにか一緒に消えてくれないものかと泡を立てる。

恥ずかしい恥ずかしぃぃ！　私のばぁかあぁぁ！

詩子はシャワーを浴びながら、心の中で自分を罵《ののし》り続けた。


シャワーを浴びて、用意してあったバスローブを着て部屋に戻る頃には、詩子の頭も少し落ち着いていた。

詩子と入れ替わりに男がシャワーを浴びている間に、自分の荷物を引っ張り出して素早く着替える。

昨日着ていた結婚式用のドレスと下着は、どうしようもない状態になっていたので、そのまま袋に突っ込んで鞄《かばん》の底へ沈めた。

このドレスと下着は二度と、日の目を見ることはないわ……

詩子がそう思っている間に、男はさっさとシャワーから出て支度を終えたようだ。

「お待たせしました、詩子さん」

昨日着ていたものなのか、シャツにカジュアルなジャケットという装いの男は、癖のある髪を後ろに流したラフな姿でいる。

その格好が、あまりに様になっていたので、詩子は一瞬何も言えなくなった。

本当に、こんな格好いい人と、自分は何をやってしまったのだろう。

考えれば考えるほど、自己嫌悪に陥るだけだ。

すでに日が高くなった窓の外を眺めた詩子は、ひとまず目の前のことを忘れて、家に帰ることにした。

ついてこようとする男を振り切る力は、今の詩子にはない。

ホテルの部屋を出てロビーに降りるが、男は詩子に寄り添ったまま声をかけてくる。

「詩子さん、明日から楽しみですね。あ、会社への手続きは僕がしときますから。しばらく名字もこのままでいきましょう」

早く家に帰って、一度現実から目を逸らしたい詩子は愛想のない声で言った。

「……明日、会社で、会いましょう」

「そうですね。でも何かあれば、すぐに連絡してくださいね。僕の番号、ちゃんと入れてますよね？」

「——え」

そう問われ、詩子は自分の鞄の中から携帯を引っ張り出す。

アドレス帳を開くと、一番上に男の名前と電話番号、メールアドレスが載っていた。

「いつの間に……」

「やだなぁ、昨日交換したばかりなのに。失くさないでくださいね。僕は詩子さんの連絡先、もう覚えてますから大丈夫ですけど」

今すぐ記憶から消去して！　と詩子が叫ぼうとした時、背中に甲高《かんだか》い声がかかる。

「——お姉ちゃん!?」

「え——」

驚いて振り返ると、昨日結婚式を終えたばかりの妹の姫子が、夫となった男と立っていた。

そうだ、この子たちもこのホテルに泊まってたんだった——

忘れていた自分はどうかしている、と思ったが、見つかってしまった以上、今更逃げることも隠れることもできない。

「えーっ、どうしたの？　みんな朝のうちに帰ったと思ってたのに……まさか、お姉ちゃん！」

他の家族ももちろん、同じホテルにいた。

それぞれ二次会を楽しんでいたはずだ。

そしてこの時間——すでに昼を回ったこの時間まで、新婚の妹夫婦がゆっくりしているのは当然のことだ。

しかし詩子は違う。

妹の姫子は、詩子の側にいた男に気づいて目を丸くしている。

「あの、これは……」

「もしかして！　あなたはお姉ちゃんの彼氏!?」

「あ、えっと……」

「初めまして、寺嶋です」

躊躇《ためら》う詩子をよそに、男は綺麗な笑みを姫子たちに向けていた。

その笑顔は、老若男女、どんな相手でも落としてしまえそうな誠実さと美しさを持っている。詩子がしまった、と思った時にはすでに遅く、姫子たちは予想通りの反応をした。

「——やっぱり！　やだ！　すごい素敵な人——！　ねぇ、そうだよね！」

「うん、さすがお義姉《ねえ》さんだね」

妹夫婦は、勘違いしたまま喜んで頷き合っている。

「あの、でも……彼は」

「お姉ちゃんてば！　昨日の式に何で寺嶋さんも呼ばなかったの！　どうせ恥ずかしいと

か、私に遠慮してとか思ってたんでしょ！」

「そ、そうじゃないけど……」

「それに想像通り！　ううん、想像以上！」

「え？」

「さすがお姉ちゃん！　すっごく素敵な彼氏！　期待通りだよ！」

「――そう」

全力の笑顔とともに喜ぶ妹の言葉に、詩子は反射的に頷いていた。

期待通り。

家族を、傷つけなくて済んだ。

その事実が、詩子を安堵《あんど》させた。

「ねぇねぇ、お姉ちゃんは寺嶋さんとどこで知り合ったの？　いつから？　今日は――」

「姫子、これから空港じゃないの？」

マシンガンのごとく繰り出されるテンションの上がった姫子の言葉を、詩子は冷静に止めた。

腕時計を見て、姫子たちは少し慌てる。ふたりはこれから、新婚旅行へ行く予定なのだ。

国内旅行だが、ゆったりとした旅になるらしい。何よりも楽しみにしているのを知っているから、飛行機に乗り遅れると可哀想だ。

そして、これ以上あれこれ訊かれないためにも、移動してもらう必要があった。

「やだ、急がないと！　ねぇお姉ちゃん、帰ったらゆっくり教えてね！」

「あ——うん、でも、みんなには、自分から言いたいの。黙っておいてくれる？」

「——了解だよ！　私とお姉ちゃんだけの秘密ね！」

「ありがとう……行ってらっしゃい、気をつけてね」

妹夫婦の背中を見送って、詩子は肩を落として息を吐いた。

「——夫婦になったこと、隠す必要なかったのに……」

「どうして言えると思ったの！」

ぽつりと言った男に、詩子は全力で言い返した。

「この男は、昨日知り合ったばかりですが、都合により結婚しました」などと、家族が大事な詩子には、口が裂けても言えるはずがない。

家族の心配を解消するために好都合だったから、という理由で結婚したはずだが、冷静になれない詩子は、見上げる位置にある男の顔を睨み付ける。しかしそんな視線も甘く受け止められて、憎らしさは増すばかりだ。

「とりあえず——明日！　明日です！　今日はとにかく、お疲れさまでした！」

「家まで送りましょう——」

「大丈夫です！」

男の声を遮り、詩子は逃げるようにホテルを後にした。

贅沢《ぜいたく》だと思いながらも、入口のロータリーに停まっていたタクシーに飛び乗り、家まで向かう。電車に乗って、駅から家まで歩いて帰れるだけの体力と気力は、詩子には残っていなかった。

就職してからひとり暮らしをしている詩子の１Ｋの部屋には、当たり前だが何も変化はなかった。

この週末に起こったことがすべて夢だったと思えるくらい、何もない。

とにかく、疲れ切った身体を休めたいと、早々に眠りに逃げる。

しかし、目を覚ました月曜日、詩子は現実と向き合うこととなった。


月曜日の朝礼の時間。フロアにいる全員の視線が、詩子に突き刺さる。

きっと、すべての人が、営業部に来た男と詩子との関係を知りたがっている。

「ねぇ、町田さん、あの人、本社から来た営業だよね？」

どういう関係？　と隣に立っていた福田茉莉《ふくだまつり》が興味津々な様子で聞いてくる。

そんなことはこっちが聞きたい、と返したかったが、一体どう言えばいいのか、頭痛の止まない頭ではすぐに答えられない。

まさか出会ったばかりの夫です、とは言えないし――

詩子がグルグルと考えていたその時、離れた場所からでもよく通る声が、すべてを明かしてしまった。

「僕と彼女――町田詩子さんは、このたび結婚いたしました。皆さん、僕の奥さんをこれからもよろしくお願いします」

「――は、あああ!?」

フロア全体に悲鳴のような声が響いた。

意味がわからない、という台詞は詩子が叫びたかった。

本当に言っちゃうなんて――と、眩暈を起こしそうになっていなければ。

そして契約に則《のっと》り、新しく夫となった男――寺嶋政喜との、契約結婚生活が始まった。

二章

名城《なぎ》コーポレーションの傘下にある館下建材の東支店は、突然の話題で持ち切りだった。

そもそも、館下建材本社からひとり異動してくるという話は先週から広まっていた。その人が、低迷しつつある東支店を立て直してくれる本社営業部のエースで、顔もよく、身長も高く、有名大卒で留学経験あり。さらに独身であるという情報も、女性社員の間にいち早く知れ渡っていた。

いったいどうやってそんな細かな情報を得ているのだろう。

この東支店の女性社員は、だいたい二十五歳、遅くとも二十七歳までには結婚している。彼女たちは常に理想の相手を探していて、男性の情報収集に余念がない。

詩子は他人事ながら、女性社員たちの調査能力に感嘆していた。

しかし、その噂の男が自分の夫となった場合は話が別だ。

詩子はこれまで、メイクやファッションなどの流行や、異性に対して敏感な女性社員たちのことを、一歩離れたところで見ていた。

化粧はファンデーションを薄く塗り、リップを欠かさない程度だし、仕事中は背中ほどの長さの髪をひとつにひっつめて、パソコンに向かう時はブルーライトをカットする眼鏡《めがね》を着用している。今年二十九歳になったが、結婚はおろか、相手ができる兆《きざ》しすらない詩子は、会社ではすでにお局《つぼね》的な存在であり、どんな男が現れようと、女性社員からは『敵ではない』と見なされていた。

その詩子が、結婚した。

しかも噂の本社営業部のエース、寺嶋政喜とだ。

ああ、面倒なことになる……これからもっと、質問攻めに遭《あ》うんだわ。

詩子がいくら嫌だと思っていても、逃れられない現実があった。

「詩子さん、今日は一緒に帰りましょうね」

夫となった政喜は笑顔でそう言い残し、他の同僚と外回りに出かけていく。

詩子はその姿を恨めしそうに睨むが、痛みを感じるほどの周囲の視線はなくなるものでもなく、ため息を吐きたくなった。

「ちょっと、どういうことなの？　結婚って、どういう意味？　私に何の相談もなく？　あの人と付き合ってたの？」

早速そう問い詰めてきたのは、詩子の四年後輩の福田茉莉だ。今年二十五歳で、結婚を真剣に考えるお年頃である。彼女は入社当時から、先輩を先輩とも思わない口ぶりや態度が問題になっていたものの、何度注意しても直ることはなく、結局周りが諦めてしまっていた。

その、特別親しくもない、ただの後輩に相談する義務はあるだろうか。そもそも当事者の詩子だって、もう一度この事態の説明をしてほしいと思っていたくらいだ。うまい返事など用意してあるはずもないが、ここで無視すれば後で厄介《やっかい》なことになるという予想はついた。だから無難な答えを絞り出す。

「ちょっと……相談するタイミングが」

「タイミングってなに!?　あの人、誰かわかってるの!?」

福田は、念入りにメイクした顔を怒りに歪《ゆが》めていた。

せっかくの美人もそれでは台無しだと詩子は思ったが、そんなことを口にするとさらに面倒になるとわかっているので、曖昧な笑みだけを浮かべる。

「うん……一応は」

寺嶋政喜、三十五歳。人好きのする笑みを浮かべながら、いつの間にか相手を罠《わな》に嵌《は》めるような常識知らずの人間だ。

押し切られるように結婚してしまった詩子は、どこか騙されたような気持ちがあるせいか、そんなことを思った。

しかし福田は、もう一度詩子に言い聞かせるように捲《まく》し立ててくる。

曰く、政喜は営業部のエースというだけでなく、親会社の名城コーポレーションにも出向したことのある、出世街道まっしぐらの独身。人当たりもよく、老若男女すべての人から人気がある。

社長にも気にいられていて、ここの営業部を立て直したら昇進する予定。趣味はドライブとミニシアター探し。家族構成は両親と弟がひとり。誰かと付き合っているという噂はないが、本社の女性たちの間では結婚したい男ナンバーワンらしい。

「そんな人なのよ！」

「――そ、そう」

詩子は福田の剣幕《けんまく》に押されていた。

「そんな人と！　どうして！　あんたが結婚してるの!?」

どうしてだろうね？

正直にそう訊き返せたら、一番楽なのかもしれない。

同フロアの女性たちの想いは、福田と同じであるようだ。

突き刺さるような視線は、一瞬たりとも詩子から離れないのだから。

貴女たちのような人から守るためです、という政喜の目的を教えたくなったが、それを口にするわけにはいかない。

それが政喜との約束だからだ。

自分でサインした以上、契約事項は守らなければならない。だが、詩子が予想していたよりも政喜はもてる男だったようで、彼女たちの勢いにすでに挫《くじ》けそうになる。

「……えっと、それは、たまたまっていうか……突然だけど、そういうことに、なってしまって」

「意味わかんないんだけど！」

詩子にだってわからない。

福田の勢いは、詩子が白状するまで止まらないように思えた。

これほどの秋波《しゅうは》をいつも浴びせられていたら、政喜も、仕事に支障があるからどうにかしたい――それこそ、偽装妻を作りたいと考えるのは無理もないように思えた。

福田にどう答えればいいものかと考えあぐねていた時、第三者の声が割り入ってきた。

「町田、ちょっといいか」

「――あ、はい」

声をかけてきたのは、総務課長である桐山隆《きりやまたかし》だ。

上司の呼びかけには答えないわけにいかない。詩子は助かったとばかりに席を離れた。背中にはまだ視線を感じたが、桐山が「仕事を始めるように」と言い残したので、ひとまず日常が戻った。

詩子はほっと息を吐きながら、桐山の後について、来客の際にも使われる個室に入る。

だが扉が閉まるなり、緊張を強いられることになった。

「――いったい、どういうことだ？」

桐山の表情が、不満を隠さないものだったからだ。

――面倒だわ。

そうとしか思えなかったが、上司に向かってそんなことを口にするわけにもいかず、きっちりと頭を下げる。

「突然のことで、ご報告が遅れてしまい申し訳ありません。プライベートなことなので、深くご説明はできませんが、先ほど彼が申し上げました通り、先日、私は彼と結婚いたしました。朝から皆様をお騒がせして申し訳ありませんでしたが、彼にも私から注意いたしますし、これからは仕事とプライベートはきっちり分けていきますので」

「そんな――そんな説明で、納得できるはずないだろ？」

桐山の顔が、はっきりと苛立ちに歪んでいる。

けれど詩子には、それ以上の説明などできない。ただの上司にそれ以上の説明は必要ないと思っている。

「課長が納得しようとしまいと、これ以上お話しできることはありません」

「おい、詩子――」

「課長、私が誰と結婚しようと、課長には関係のないことだと思います。……では、仕事に戻ります」

桐山の声を途中で無理やり遮り、話を終わらせた。

その声で、名前を呼ばれたくなかった。

桐山は、詩子の名前を呼ぶ権利をもうずいぶん前に失《な》くしているのだ。

詩子が新入社員だった頃、直接指導してくれたのが桐山だった。五年先輩の彼は、とても優しく、社会人になったばかりの詩子の目には頼もしく格好よく見えた。心から尊敬していた彼に告白されて、有頂天《うちょうてん》のまま付き合いが始まり、その関係は長く続いた。このまま結婚するのだろう――そう思うようになっていた二十五歳の頃。

桐山が結婚を決めた。

相手は詩子ではなかった。大学を出たばかりの、その年の新入社員だった。

後輩の彼女は可愛い顔立ちをしていて、詩子より若く、愛嬌《あいきょう》もあった。「お姉ちゃん」気質の詩子は、後輩の面倒を率先して見ていた。けれど、ただ優しいだけでは彼女たちのためにはならないと、厳しくするところは厳しく指導していた。だが、詩子の気持ちは届いていなかったらしい。桐山と結婚したその彼女は、詩子のことを嫌がらせをするひどい先輩だと思っていて、桐山に度々相談していたようだ。親身になってくれた桐山と、その間に想いを通じ合わせたらしい。

これまでの自分と桐山の付き合いはいったいなんだったのだろう、と詩子は呆然《ぼうぜん》とした。

生真面目すぎる詩子の性格は、愛想がないように映ったかもしれない。それでも、詩子も恋する女だったのだ。

桐山には突然、付き合っていたことなどなかったかのように振る舞われ、その時の詩子はただ仕事に逃げることしかできなかった。

そしてそのまま、今に至る。

その一件は、両親にも妹たちにも話せていない。家族を失望させたくなかったからだ。

詩子はこの先、結婚できるとも思わなかったし、したいとも思っていなかった。誰かを愛したいという気持ちも、愛されるための努力すらする気力をなくしていた。

そんな詩子が結婚した理由は、ただひとつ。

愛情を要求されない契約だったからだ。

その契約が、今日から始まったのだ。

どこか納得しきれていない複雑な気持ちを抱えているのは自覚しているが、契約を交わしたのは事実だから、政喜の願いである防波堤の役目は全うするつもりだ。

だがその日、詩子は誰かと会うたびに同じ質問を浴びせられ、へとへとに疲れ切ってしまった。

政喜は本社のエースであり、誰もが見惚《みと》れるほどのいい男だ。この会社で行き遅れと認知されている詩子が相手だとは、どうしても信じられないようだった。

もとより、詩子本人が信じられないのだから、うまい説明などできるはずもない。詩子は、仕事以外でのあまりの気疲れに、契約書に署名したことを後悔し始めていた。

しかし退社時刻になると、そんな気疲れなど取るに足らない小さなものだったと思い知らされるはめになる。

「詩子さーん、一緒に帰りましょう！」

仕事を終えた政喜が、まるで待っていた飼い主に会えた犬のようなテンションで詩子の席まで駆け寄って来た。

「もう終わりました？　早く帰りましょう。あ、今日の晩ご飯はどうしますか？　どこかで食べて帰ります？　うーん、でも早くふたりきりになりたいなぁ」

「――向こうで！」

場所も、周囲からの視線も考えずに捲し立てる政喜に、詩子は自分の立ち位置がわからなくなるほど動揺し、不安を覚えた。

もう一言も喋らないでほしいと、必死に声を荒らげて相手を遮る。

真っ赤になった詩子は、このままどこかに埋まってしまいたいと心の中でめそめそしながら、政喜にフロアの外を示した。

「向こうで、待っていて！　私、着替えなきゃだし、片付けがあるから――」

「ん、わかりました。でも早く来てくださいね、奥さん」

詩子のこの会社での立ち位置は、後輩たちの指導係であり、行き遅れていた女性社員である。それに納得して日々を過ごしていたのに、今日一日で、突然現れた政喜の存在で、そのすべてが覆り、予想もしていない土俵《どひょう》の上に放り投げられた。

詩子がこれまでお局様などと言われても気にしなかったのは、それを望んで受け入れていたからだ。なのに気づけば足場の少ない崖《がけ》っぷちに立たされていて、そこには他の女性たちがぎゅうぎゅうにすし詰め状態になっている。一歩でも踏み出せば、崖の下に落ちてしまいそうな不安定な場所だ。

そんな場所に放り込んだ政喜が憎いと、本当にどこかへ行ってほしいと思っていると、政喜は自然な仕草で詩子の眼鏡を外し、ちゅっと頬に唇を落とした。

「――――ッ」

そのまま、何事もなかったかのように眼鏡を戻した悪魔のような夫は、輝くような笑顔で去って行く。詩子は、まるで空気を読まない彼のおかげで、一日分の気力を使い果たしたのだった。


政喜からの突然のキスでさらに強まった同僚たちの厳しい視線から必死で逃れ、詩子はこれまでで一番素早く着替えを済ませて会社を出た。

社屋《しゃおく》を出たところで待っていた政喜に手を引かれるが、抗う力など残されていない。

「今日はお疲れさま。明日のために、ゆっくり休みましょう」

そう言われてたどり着いた先は、詩子の部屋だった。

いつもの流れで電車に乗り、駅から歩いていたけれど、いつの間に帰って来たのだろう。

いったいどれほどぼうっとしていたのか。

詩子は自分に呆れながら、それでも家に着いたことでほっと胸を撫で下ろした。

しかし、そこで政喜が口を開く。

「とりあえずの荷物でいいですから。足りなくなれば取りにくればいいですし」

「……はい？」

いったい何のことだろう、と首を傾げた詩子に、政喜は何もおかしなことなどないと言うように、にこやかに笑った。

「今日から僕の部屋で暮らすんです。先日、約束したでしょう？　まぁ部屋と言っても、今はホテル暮らしですが。不便はないので大丈夫ですよ」

「……ええ!?」

いつの間にそんな約束になっていたのか。自分の記憶力にしっかりしろ、と叱咤しても、詩子にそんな覚えはなかった。

「ど、どう、なん、で……」

「詩子さん、僕たち結婚したんですよ？　一緒に暮らさないなんて、おかしな話じゃないですか」

　それなら知り合ったばかりの相手と結婚するのもおかしな話だ。

　あまりに当然のように言われて、詩子は一瞬、言葉を返せなかった。

「で、でも……あの、だって私たち、契約で……」

「そうです。契約で結婚しましたね。一緒にいる約束で。夫婦になるんですから、ね？」

　問題はないとばかりに綺麗に笑われても、詩子には納得などできない。

　ただ、この男は詩子が何を言おうとも、引くつもりはないということだけはわかった。

　知り合って三日目、結婚して三日の詩子は、自分の夫がかなり強引で強情だということを改めて理解した。

「ひと通りのものはホテルに揃ってますので、必要なものは着替えぐらいでしょうか？」

　そう言われて詩子は自分の部屋に入ったが、続いて入ってこようとする政喜との攻防があり、そこでまたさらに疲れた。

『奥さんの部屋を見たい』と懇願する政喜に、『夫婦にもプライベートが必要です！』と言い切って、どうにかひとりで部屋に戻り荷物をまとめる。

　まとめながら、どうして彼の言うことを素直に聞いているんだろう、と考え始めたが、ドアの向こうから催促してくる政喜の声に慌てて、詩子は本当にとりあえずの荷物をまとめ、自分の部屋を出たのだった。

どうして、自分の部屋から出て行かなくちゃならないの……？

理不尽なものを感じながらも、彼との契約書に署名したのは自分だ。

どんな経緯であっても、自分がしたことだから守らなければ、と思う詩子は、やはり真面目すぎるのかもしれない。

そう思いながらも、二十九年間付き合ってきた性格が今更すぐに変わるはずもなかった。

しかし、嬉しそうな政喜の案内でたどり着いた部屋を見て、詩子はまた驚きで思考が停止したのだった。


政喜が泊まっていたのは、名城コーポレーション系列のホテルだった。

最低ランクの部屋に泊まることすら躊躇うようなところで、よほどのことがない限り、このホテルにはランチに来ることだってないだろうと思っていたのに、詩子は今、間違いなくその中にいる。

「ジュニアスイートだから、広くもなく狭くもなく、まぁ不便ではないはずです」

「ジュ……っ」

詩子の給料ではとても手の届かない部屋を前にして、心は不安に揺れた。

どうして、政喜はそんな部屋に滞在《たいざい》できるのか。

館下建材本社のエース社員と、詩子のようなただの事務員とでは、そんなに給料に差があるのだろうか。

詩子の顔色を読んだのか、政喜はさらっとその種明かしをする。

「あ、知り合いのコネで格安にしてもらっているので。安心して寛《くつろ》いでください」

「…………」

どうしてそれで安心できると思うのか。

詩子は不安を拭えずにいたが、綺麗に整えられた部屋で生まれた時からここに住んでいましたとばかりに寛ぐ政喜を見て、何かが吹っ切れた。

なんか、もう、考えるだけ損みたい……

思えば、彼とは出会いからして普通ではなかったのだ。いちいち真面目に反応していると疲れるだけだろう。

このホテルのジュニアスイートはリビングの先に寝室があるようだ。それからバスルームとトイレがそれぞれ独立している。

「詩子さん、お風呂に入ってきては？　夕食は頼んでおきますので——何か食べたいものはありますか？」

和洋中、どれでもいいですよ、とメニュー表を見せてくる政喜に、詩子は脱力したように肩を落とし、緩く頭を振った。

「……なんでもいいです……お言葉に甘えて、お風呂、お借りします」

「うん、寛いできてくださいね！」

明るい政喜の声に、詩子はいろいろ考えていた自分がますます馬鹿らしく思えてきて、充実したアメニティの揃ったバスルームで一日の疲れを癒《い》やすことに集中した。

バスルームは広く、シャワーブースと洗面台、それに猫足のバスタブが備え付けられていて、詩子は状況を忘れて心を弾ませた。こういうバスルームにちょっと憧れを抱いていたのだ。

詩子はバスタブに溜めたお湯に肩まで浸《つ》かり、ゆったりと寛いだ。

だがバスルームから出る頃になって、はたと、我に返る。ごく自然に自分の家から持ってきたパジャマを着て、メイクもすべて落としたが、ここは自分の部屋ではなく、リビングには政喜がいるホテルの部屋だ。

契約上の夫とはいえ、政喜は男だ。

それも、知り合ったばかりの男だった。

一度はいいたしてしまったとはいえ、こんなにも寛いだ格好をしていいのだろうか。女性としてはしたないのでは。

詩子がもやもやと考え始めた時、バスルームの扉が叩かれた。

「詩子さーん？」

他の誰でもない、政喜だ。

「のぼせてません？　大丈夫？　入ってもいいですか？」

「――だ、だめっ！」

散らかした惨状を見られることに慌てて、もう考えている時間はないと詩子はアメニティを揃え直し自分の脱いだ服を抱え、バスルームを出る。

色気も何もない格好だが、しかしこれはこれで良かったのかも、と思い直す。

変に気取って風呂上がりなのに化粧をしたり、きちんとした格好をしても、意識していると思われるだけだし、政喜に誤解されても困るからだ。

いつもの色気のない、面白みのない詩子を見せて、政喜の気を削いでしまいたかった。

この結婚の一番の目的は、会社の女性陣を政喜に近寄らせないようにするためだから、夫婦のような振る舞いは会社ですれば充分のはずだ。そもそも一緒の部屋にいること自体、不必要である気がするが、会社の誰かが部屋まで来ることもあるかもしれないから、ここまではギリギリ譲歩しよう。

けれどこれ以上、自分がのめり込むわけにはいかない。政喜につけ入られる隙を見せるわけにもいかない。政喜の今回の仕事が終われば、すっぱり終わる期間限定の関係なのだから。

深みに嵌まればきっと詩子が傷つくことになる。

詩子は、思考が困った方向に向かう前に、自分を律しておきたかった。

そんな予防線を張るような考えが浮かぶこと自体、すでに危うい状態だと気づいていたが、それはもはやどうにもならない。

「お先でした……」

飾りっ気のないグレーのパジャマを着て、濡れた髪をひとつにまとめ、すっぴんでバスルームの扉を開けると、今にも入って来そうな政喜の姿があった。

本当に入って来る気だったの……？

いったい何を考えているのだろう。

仕事に必要だから、という理由で契約結婚しただけの女を、自分の部屋に呼んで寛がせて、そのパーソナルスペースに踏み込んで来ようとする男の意図は、詩子には計りかねるものだった。

男性に慣れていない私をからかって楽しんでいるのかしら……

何て趣味が悪い、と詩子が眉根を寄せた瞬間、目の前の男は相好《そうごう》を崩《くず》した。

「――可愛い！」

「……えっ」

「可愛い！　詩子さんのパジャマ姿、可愛いなぁ……！　きっとワンピースタイプのものも似合いますよ！　今度買ってきますね！」

「……はぁ……っていやいやいや！　要りませんよ!?」

「似合いますから！」

「そういう問題じゃない！」

キラキラとした笑顔で宣言した政喜に慄《おのの》き、適当に受け流そうとしたが、慌てて理性を取り戻し全力で断る。けれど喜色満面の政喜にはまったく届いていない。

「あ、夕食来ましたよ。テーブルに用意してありますから。今日は和食にしました」

「あ、はい……ありがとうございます」

にこにこしたままの政喜に促され、詩子がリビングに移動すると、ふたりには大きすぎるテーブルに本格的な和膳《わぜん》が用意されていた。

至れり尽くせりの状況に躊躇いつつもありがたいと思っていると、ぼそぼそと呟く政喜の言葉が耳に入って来る。

「……うーん、ピンクが無難かな……やっぱり白……僕の色に染めたい白いネグリジェ……レースのもので透け透けの……いい！」

「要りませんからね!?　買わないでよ!?」

真剣に悩んでいるようだが、その内容は詩子にはふざけているとしか思えない。

もう一度真剣に拒否したが、政喜の笑みが胡散《うさん》臭くて仕方ない。

「うん、わかってます」

「………絶対です、よ！」

本当にわかってるんでしょうね、とすごみを利かせて睨んだつもりだったのに、何故かさらに嬉しそうに微笑まれた。かわいいなぁと言われた気がするが、気のせいだろう。

「うんうん。さ、食べましょう。冷めたらもったいないですし」

「……はい、いただきます」

用意された食事は、さすが一流ホテルだと感動するほど美味しいものだった。

シンプルな和食だが、手が込んでいるのがわかる。上品な出汁《だし》の味がきいているお吸い物を飲むだけで、今日の疲れが取れるようだった。

美味しいものを美味しいと感じることができる。数年前までは、仕事に没頭するあまり、自分の生活など後回しで独身男性よりも適当な生活を送っていた。今はある程度自分を取り戻せていると思っている。美味しい料理をきちんと楽しめるのが、素直に嬉しかった。

幸せだな、と思いながらも、詩子は単純な自分に笑った。

そんな詩子を、政喜が面白そうに見ていた。

おかしな顔になっていただろうか。

詩子は慌てて自分の頬に手を触れるが、政喜は機嫌良さそうに微笑むだけだ。

「美味しいですね！」

「……はい、そうですね。こんな美味しいお料理、ごちそうになって……ありがとうございます」

「いいんです。詩子さんが美味しそうな顔をしていると、僕もすごく美味しいから」

どういう意味だ、と一瞬考えたが、詩子は考えたほうが負けだ、と思い直す。ただ「そうですか」と流すことに決めた。

やたらとご機嫌な政喜に訝《いぶか》しみつつ、食事を進める。

だが、詩子の試練はまだまだこれからだった。


「――えっ」

食事を終えて政喜もシャワーを浴び、各々《おのおの》寛いだあと、案内されたのは寝室だった。

「え、え……って、でも、だって……」

「詩子さん？　どうしました？」

どうしたもこうしたもない。

示された寝室にはベッドがひとつだが、寝る人間はこの部屋にふたりいる。

その意味がわからないほど、詩子は初心《うぶ》ではない。だが、すれてもいない。

戸惑う詩子に、政喜はすっかり寛いだ様子で笑った。

「詩子さん、僕たち、夫婦になったんですよ？」

それは、わかっている。

自分が何にサインしたのか、後悔しているがなかったことにできないことはわかっている。

ただ、あの日一度寝てしまったのは、お互いに酔っ払った末の過《あやま》ちで、契約上の夫婦には必要ないことだと思っていた。

しかし寝室の雰囲気は、ただ眠るだけではないと示している。

「やだなぁ、ちゃんと契約書に書いてあるじゃないですか。本当の夫婦のように愛し合うことって……契約は、ちゃんと守らないと？」

「……はい!?」

それはそういうふうに会社の人たちに見せかける、ということではなくて？

詩子の疑問に、嫌みなほど綺麗な笑顔が返ってくる。

「僕は大事な奥さんに嘘は言いません。どんな小さな約束だって守ります」

だから奥さんにも、守ってもらわないと――と詩子に同じだけのことを要求してくる夫に、詩子の頭は真っ白になった。

「それに、僕たち、すごく相性良かったでしょう――身体の」

「――――っ」

詩子の顔は、一瞬で茹でたようになった。

それは、詩子にとって忘れてしまいたい記憶だった。

けれど、なかなか頭から消えてくれない。

詩子の人生の中で、一番強烈なものだったからだ。

「そ、それ、それは……っでも、だって、私、酔って……！」

「うん、酔っ払った詩子さんも、めちゃくちゃ可愛かったなぁ……とろんとした目でさ、やめないでって──」

「そんなこと言ってない!!」

全力で否定したが、詩子はすでに政喜の腕の中だった。

「そうでした？」

「そうです！」

とぼける政喜が憎らしい。

けれどいくら睨んでも、効果はないようだ。

「でも、あんな顔されたら、言葉なんてなくてもわかるから──すごく、気持ち良かったでしょ？」

「──っ！」

恥ずかしさと驚きと怒りの感情が入り混じり、詩子は咄嗟《とっさ》に声が出なかった。

色気のない格好をして政喜の気を削ごうとしたのに、まったく無意味だった。むしろ、無防備すぎて自分の馬鹿さ加減が浮き彫りになっている気さえする。

「相性がいいっていうのは身体のことだけじゃないんだけど……僕と詩子さんは、一緒になる運命だったんですよ……だから、ね？　僕に安心して堕《お》ちてきてください」

「そ、んなの……っ」

おかしい、と言いたかったのに、詩子はやはり声が出なかった。

綺麗な顔が、間近にある。強い腕が、自分を包んでいる。

すぐ後ろには、大きなベッドだ。

私、馬鹿だ。

詩子は自分を罵った。

自分から、政喜のほうに足を踏み入れていた。

契約を守るだけだと思いながらも、詩子は自らその穴に落ちたのだ。

「詩子さん、やめないでって、言わせてあげましょうか」

――くちびるのうえで、いわないで。

詩子の声も呼吸も、次の瞬間には政喜の口の中に消えていた。

「――んっ」

それは優しい口づけだった。

詩子の唇を甘く食みながら、舌で擽るように、口腔を探る。

あまりに優しすぎて戸惑う詩子の身体を、政喜の腕はしっかりと抱きしめている。その強い抱擁は、どこにも逃がさないという意志が込められているように感じた。

詩子はその力強さに、安堵していた。

とても逃げられない。だから逃げなくていいんだと、力強い腕とは対照的なキスに翻弄《ほんろう》されながら、安心してしまったのだ。

「ん、ん、ん……っ」

政喜は腕の力を少しだけ緩め、詩子をゆっくりベッドへと押し倒した。大きな手が詩子の胸を包み、パジャマのボタンをひとつずつ外して、その肌を晒していく。

ゆっくりとした手つきなのに、どこか羞恥心を煽る淫靡《いんび》な動きに堪らなくなって、詩子は優しい口づけから逃れるように顔を背けた。

「ん、や……」

「詩子さんの胸、むちゃくちゃ気持ちいい……」

「あ、んっ」

政喜の手のひらにちょうど包まれる詩子の胸は、小さくはない。けれど、大きすぎるわけでもない。

自分の手にぴったりな胸のサイズとその柔らかさを堪能するように揉み続ける彼の手が恥ずかしくて、詩子は何も答えることができない。

「詩子さん、キス、好きですよね」

「ん……っ」

政喜は唇を触れ合わせたまま、そこで囁くように笑う。

返事を欲してはいないようで、そのままもう一度キスをされた。しかし唇はそれで大人しくなるわけでもなく、頬や首筋に移動し、手で弄《いじ》っている胸元まで下がっていく。

「……ここも、いっぱいキスしたい」

「あ、や、だめ……っ」

詩子の抵抗など、何の意味もないのだろう。

そもそも、本気で抵抗する力などすでにない。

キスが好き、と言った政喜の言葉は正しい。正確には、詩子は政喜のキスに弱いようなのだ。

このキスは、覚えている。最初にこれに参ってしまったのだ。酔いを抜きにしても、最初のキスで身体が彼を許してしまっていたのは詩子も覚えている。

キスが、こんなに、気持ちいいって……

詩子は、ただそれだけで、刃向《はむ》かう気持ちをすべて奪われていた。

流されてはだめだ、という理性など一瞬で忘れ、詩子は政喜を受け入れる。

しかしそれでも、羞恥心がすべてなくなったわけではない。

「あ、あ……っ」

詩子の肌を何度も啄み、柔らかな胸を食《は》み、すでに尖《とが》っていた先端を口に含んだ政喜は、いちいち反応する詩子が楽しいのか、甘い声で詩子の反応をすべて教えようとしてくる。

「詩子さん、ここ、すごく甘い……咬み付かないようにするの、大変だ」

「ん……っあ、や」

「ああ、めちゃくちゃにしたい……全部、全部食べたい。食い尽くしたい」

「やぁ……っ」

恐ろしいことを囁きながらも、政喜の手は優しい。唇も舌も、器用に詩子の身体を味見しながら、愛撫を繰り返すだけだ。

こんな——こんなの、だったっけ……？

詩子は遠い記憶を探る。

抱きあう行為は、こんなにも甘かっただろうか。

これまで、詩子にとってのセックスは、あまりよいものではなかった。

政喜以外ではひとりしか知らないが、あんな辛い思いをするならひとりで充分だと思っていた。

詩子の知るキスは、苦しいくらいのものだったし、愛撫も痣《あざ》が残るような痛みを伴うものだった。身体を貫かれた時は、本当に痛くて何度も泣いた。

けれどその痛みにもいつしか慣れて、セックスはこんなものなのだろう、と思っていた。

そう思っていたのに、これはいったいなんなのだろう。

詩子のしてきたことがセックスなら、政喜のこの行為は、何と呼べばいいのだろう。

詩子から身を隠すものをすべて剝《は》ぎ取った政喜の指が、するりと脚の間に潜り込む。

秘所が充分濡れてしまっていることは、詩子自身がよくわかっている。

それでも、それを知られるのは恥ずかしくて堪らない。

「ん――……っ」

ぬるり、と政喜の長い指が容赦なくそこを探り、襞を開くように円を描いた。

詩子の隠したいものすべてを探るように動きまわり、詩子を暴いてしまう。

「ん、あ、あぁっ」

秘所を弄る指の腹が、隠された花芽を探り当て、強く刺激する。

「……詩子さん」

甘く優しかった声に切なさが宿るのを感じる。

「ん、あ、あん……っ」

「詩子、さん……っやばい、苦しい」

「ん、ん……っ？」

政喜の声が本当に苦しそうで、詩子は翻弄される波に逆らい、政喜の顔を確認した。

綺麗な顔が、焦りを含み、歪んでいる。

けれどその目に欲望が溢れているのがわかって、詩子はほっとしていた。

詩子が欲しいのだと、確かに思われていることに、安心してしまったのだ。

「……ごめん、詩子さん、僕の、触って……慰《なぐさ》めて」

「ん……」

甘い愛撫のせいで理性が飛んでいたのだろう。大きな手に促されるまま、詩子は政喜の強張った屹立に手を伸ばしていた。

「う、わ……っ」

「あ、あ……っ」

けれど、ぐちゅ、と音を立てたのは、詩子の秘所のほうだ。

充分に濡れた詩子の中に、政喜の長い指が埋まっていた。詩子はその淫靡さに後押しされるように、自分の片手に余るほどの性器をしっかりと摑んだ。

「……っやっべ、これ、ちょ、待ってください……！」

自分から望んだことだというのに、政喜は、顔を顰めて詩子の手を引き離した。

いったいどうしたのだろう、と詩子が彼を見上げると、気まずい顔をした政喜は困ったように笑った。

「うーん、想像以上に……いや、詩子さんに触ってもらうのを想像して、楽しみにしてたんだけど、想像以上にすごくてもちそうになかったから……すみません、先に、挿《い》れたい」

「……え？」

「詩子さんの中、挿れさせてください。すぐ終わったらごめんなさい。でも、すぐ復活するから、お願いします」

「え……え？」

「今日は、最初は、詩子さんの中でイきたいんです……だって初めてだし」

「あ、んっ……あ！」

悦楽に流されてぼんやりとしていた詩子は、政喜の言葉によってあの一夜をはっきり思い出し、顔を真っ赤に染めた。

初めてだし。

そう言った政喜の言葉は、嘘ではない。

一昨日、政喜は詩子に挿入しなかった。

彼があの夜、「キツい」と言っていたことも覚えているが、挿入できないことはなかったはずだ。挿れないままで互いに達する方法があることを詩子はあの夜初めて知って、それがどれほど恥ずかしくて気持ちいいことなのかも、初めて知った。

あの時は、恥ずかしがる詩子を見て楽しんでいるのだろうか、と思っていたが、本当の理由はわからない。ただ、与えられる甘い愛撫をひたすら受け止めるのに必死だったからだ。

それは、今も変わらない。

政喜は詩子の脚を開き、その間に自分の腰を収めた。詩子の身体に覆いかぶさった後で、充分硬くなった性器を、あの夜と同じように詩子の秘所に擦りつける。

「ねぇ……詩子さん、お願い、後で、いっぱい舐めてあげるから……いい？」

「あ、あんっや、あ、それ……っやぁだ……っ」

「……いや？　これ？　擦るのだめ？　じゃあ、挿れていい？」

よくわからない確認をされていると思ったが、絶頂へと追い上げられている詩子には本能に従うような判断しか下せなかった。

「あ、や！　あぁっ、い、い……っれ、てぇ……っ」

「……っ」

政喜の切羽詰まったような声が耳に聞こえた直後、ずく、と初めて聞くような音を立てて詩子の中が広がった。

「あ――――っ」

「……っ詩子、の、中、きつい……気持ちいい」

「……っい、あ……っや、お、きい、の……っ」

「……詩子さん、そういうの、反則です」

ぎりっと奥歯を食いしばり、政喜は何かに耐えているようだった。しかし荒い呼吸の合間に漏れるその声は、少し笑いを含んでいる。

一方詩子は、ゆっくりと自分を貫いていく熱にすっかり翻弄されて、政喜の背中に手を回し、意識を繋ぎ止めるのに必死だった。

「ん――っ」

誰にも触れられたことのない最奥を突き上げられ、詩子は息を呑み、声も殺して衝撃に耐えた。

その詩子に、政喜は嬉しさを隠さない。

「がっつきそう……いい？　いいかな？　もう、我慢しなくていい？　あとで謝るから」

「んぁ、あっあぁっ」

政喜は詩子を逃がさないように、しっかりと抱きしめている。

その腕の強さに、詩子はどうしてか目が潤《うる》んだ。これまで一度も、こんなふうに強引に、けれど優しく抱きしめられたことなどなかった。

甘い愛撫は気持ちいいのに切なくて、詩子ももっと強い刺激が欲しくて我慢できなくなる。

「ふあぁぁんっ」

「詩子、好き……っ大好き、だ」

ぐちゅぐちゅと音を立てて、激しく抽挿を繰り返す政喜にそれまでの優しさはなかった。丁寧な言葉づかいもなくなり、本能だけで動いているのがわかる。

穿《うが》たれる中は苦しいほどで、圧迫感もあったが、詩子は泣きながら受け入れていた。

痛みはないけど、苦しい――ううん、切ない……

「ん――……っまさ、き、さん……っ」

これ、なんだろう。

詩子は涙で緩んだ視界の中で、ぼんやりとした答えを見た気がした。

ああ、これ、心が繋がってるんだ……

ただ身体を繋げるだけではない、それ以上の行為だ。

詩子はその事実に衝撃を受けたけれど、心があまりに簡単にそれを受け入れていることには納得すらしていた。

相性がいいの？　身体の？　それだけ？

この結婚、もしかしたら、本当に失敗したかもしれない。

詩子はその瞬間、契約書にサインした二日前の自分を本当に恨んだのだった。

三章

「……詩子さん、大丈夫ですか？」

耳元で聞こえた政喜の声に、詩子はすぐに答えられなかった。

ひどく身体がだるい。

どうしてこんなに力が入らないのだろうと一瞬考え、自分が何をしていたかを思い出すと、今度は全身に力が入る。

「……っあ、私」

「あ、よかった、目が覚めました？」

いつの間にか眠って、朝を迎えていたようだ。

ホテルの寝室は大きなカーテンが窓を塞《ふさ》いでいたが、明かりが漏れているのはわかる。

自分の昨夜の行動が恥ずかしくなってしまうのは、お酒も飲んでいないのに、彼のすべてを自分から受け入れたとわかっているからだ。

これでもう、酔っ払っていたから、という言い訳はできなくなる。

背中から政喜に抱きしめられているので、直接顔を見られないことにほっとしたが、赤くなっているのは誤魔化《ごまか》せないだろう。

「う、あ……っ」

こんな時どうすれば、と狼狽《うろた》えてしまい、そのせいで自分の身体の違和感に気づくのが遅れた。

「すみません、ちょっと強くし過ぎて……あまりに我慢できず。というか、想像を超えて気持ち良くて、本当に……本当に……」

ぎゅう、と政喜に抱きしめられ、まだ裸の身体が密着しているのを知る。

逃げられる場所もなく、羞恥心で死ねるかも、と思った矢先、詩子は自分の中に異物があるとようやく気づいた。

気づいてしまった。

「まだ入ってる!?」

「我慢できなかったんです！」

突然叫んだ政喜は、後ろからぴったりと重なるように抱きしめていた身体を、突き上げるように揺らした。

「あっ！　や、あぁっ」

「詩子さん……っ朝から可愛くて！　だから、どうしても、離れたくなくて……っすみません、ちょっとだけ！」

「んっんっちょ、っと、とか……あぁんっ」

謝って済む話ではない。

朝から何ということをしでかしてくれているのだ。

「もう、少しも、離れていたくないんですっ」

「そう、いう……っ問題、じゃ、あんっ」

「朝から詩子さんを見たら、もう全然、収まりつかなくって……朝から完ダチしてて」

それはただの男の生理現象だ！　私のせいじゃない！

詩子はそう叫びたかったのに、横抱きの状態からうつ伏せにされ、大きな身体にのしかかられると、身動きも取れなくなる。

「ん、んっ、んんっ」

激しく抽挿され、枕に顔を埋めて我慢していないと、喘ぎ声が漏れてしまいそうだった。

けれど、こんなにも強引な行為であっても身体は喜んでしまっている。

「詩子さん、気持ちいい……ッ」

「ん、ん――ッ」

どうしよう、私も。

詩子はいったいどうしてこんなことになっているのだと、快楽に負けた身体とこんな状況を呪いたくなった。

詩子はひと騒動を終えて、汗と体液にまみれた身体をシャワーで清めた。

素早く服を身に着け、朝のルーチンであるメイクも済ませてしまう。リビングには、すでに朝食が用意されていた。

「朝から！　何を考えてるの!?」

何事もなかったかのような風景を前にして、詩子は我慢できず叫んでしまった。

これまでの自分の人生にはなかった状況に少し怯みながらも、ここで躊躇っていては自分が大変になるばかりだということはもうわかっているから、強い気持ちで政喜を睨み付けた。

しかし大声を受け止めた彼は、詩子を見るだけで笑顔になっている。

「僕は詩子さんのことしか、考えていません。裸の詩子さんを見ると、我慢なんてできないし……ううん、もうずっと我慢し続けていたから、箍《たが》が吹き飛んでしまったんです」

年上のくせに！　子供みたいなことを！

詩子は頬を染めながら、どう言ったら理解してもらえるのだろうか、いい大人に説教なんて、と考えていたが、政喜の言葉にふと気づいた。

「……ずっと我慢って、どういう意味ですか？」

「そのままの意味ですけど？　それより、ご飯が冷めますよ。食べましょう」

「……あ、はい、ありがとうございます」

詩子は促されて、結局昨夜のようにテーブルについた。

何だか、誤魔化された気がする。そう思ったが、焼きたてのパンは美味しくて、詩子の気持ちは少し和らいだ。詩子が食べ始めたのを見て政喜もカトラリーを手に取る。

その手を見て、詩子は頬を染めた。器用に動くその手が、昨夜どんなことを詩子にしたのか思い出してしまったせいだ。

そんなことを考える自分がさらに恥ずかしく、必死で目の前の料理に集中していると、ある程度食事を終えた政喜が真面目な顔で笑った。

「――じゃあ、詩子さん、帳簿《ちょうぼ》見られます？」

「……はい？」

一瞬、何のことを言っているのか、と頭が空転したけれど、すぐに仕事の話だとわかり、何かを探すように慌てて目をさまよわせる。

「あ！　はい、帳簿……帳簿ね」

恥ずかしいことを考えていた自分が恥ずかしい。

でも先に恥ずかしいことを言い出したのは政喜なのに、自分だけさっさと切り替えるのはずるいのではないかと、詩子は恥じらいを誤魔化すように怒りに変えた。

「ええ、帳簿は、私のパソコンでも見られますが……でも正直、帳簿上は怪しいところも、不審なお金の動きもなかったと思いますけど……」

今は主に総務を担当しているので、経理の仕事はほとんどしていないが、何年か前は経理担当だったし、今でも後輩の指導の時に帳簿は見ている。

それに、詩子だけでなく、総務課長から支店長まで確認しているのだ。おかしなところがあれば、誰かが気づくはずだ。

「でも実際、そういうことは誤魔化されるものでしょ。僕、そういうの見つけるの得意だから大丈夫です」

「得意って……経理が？」

「そうですね、経理も結構わかりますよ」

営業なのに？

そう考えた詩子の疑問は顔に出ていたようだ。

政喜はにこりと笑って答えた。

「何でも屋みたいなものですから。ここ数年、使い勝手がいいって都合よく使われて、経理の手伝いや在庫整理とか、いろんなことをさせられてたので……」

「え……そんな、本社の営業ってそんなことまでしてるの？　外回りだけでも大変でしょう？」

「ああ――うん、そうですね、でも自分のことだけやっていればいいってもんじゃないし……自分でできることは、何でもやるっていうだけで。動ける人が動いたらいいんじゃないかな、と思って」

「そんな……」

詩子は、目の前で朝食を食べている相手が、まったくの別人に見えた気がした。

出会った時から詩子を困らせることしかしないはた迷惑な男だと思っていたが、もしかして本当はちゃんとした人なのかも、と最初の印象をがらりと変えてしまうほどの言葉を耳にして、狼狽えた。

顔も良くて、仕事もできて、ちょっと強引だけど、軽薄を装いつつ、実はちゃんとした考えを持った人だなんて……いったいどこの神様なの？

まるで後光が差しているよう――いや、これは朝の光か……

政喜の背後にある大きな窓からの明かりが政喜を照らしているのを見て、頭を振って気持ちを切り替える。

昨日までのように、ただ詩子を振り回すだけの存在なら、迷惑だけど憎めないずるい人だな、という気持ちでいられたのに。

そんなフリをしているだけで、誠実な本性を隠しているというのなら、それ以上に気持ちが育ってしまう。そしてその気持ちを、きっと詩子は持て余すだろう。

そんなの、困る。

これは契約結婚、期間限定の、結婚――

詩子はその言葉を呪文のように心の中で繰り返した。

自分から望んだわけではないけれど、今の状況は必要に迫られての結果でしかない。

彼の仕事が終われば、詩子はこれまでと同じ人生に戻るのだ。

あまり、心を乱されたくない。

心に檻を作って、気持ちを動かされないようにしなくては。

「――僕も昔は、事なかれ主義というか、他人なんて本当にどうでもよかったんですけど……ある人に出会って、そんな自分ではだめなんだと気づいてしまって」

「……え?」

「その人に出会って、僕は、生まれ変わりました。自分が後悔しないように、できることは全部やる。そうしたら……いつか、その人の目に留まるんじゃないかと、思って」

少しはにかみながら打ち明ける政喜を見て、詩子はさらに困った。

そんな顔、しないで――

自分の心に作った檻など、まったく効果がなくなっていくようだった。

詩子は自分がかなり動揺しているのを自覚していた。

その人は、今、どうしているの？
そんな言葉を口にするのも難しいくらい、詩子の心は揺れていた。

出勤した詩子は、彼の『偽装工作』は朝からちょっとやりすぎではないかと思っていた。ホテルから一緒に出たところは見られていないだろうが、会社の近くまで来ると、彼は周りに見せつけるように手を繋いできたのだ。

いくら詩子が振りほどこうとしても、力が違いすぎる。それに『これは契約範囲内ですよ』と笑顔で言われると、抵抗もできなかった。

詩子は居たたまれない気持ちを抱えて周囲からの妬みを含んだ視線を受け止めているというのに、政喜は平然と――いや、嬉しそうに社屋へ入り、ロッカールームへ向かう詩子と別れる時に頭にキスをするという、ドラマでも見ない行為をしてのけたのだ。

周囲の視線にやられてすでにヘロヘロになっていた詩子が制服に着替えてフロアに入ると、他の営業たちと打ち合わせをしていた政喜がニコニコした顔で振り向き、警戒する間も与えない速さで詩子を抱きしめたかと思うと、元気に『行ってきます！』と外回りに出かけて行ってしまった。

その背中を呆然と見送ることしかできなかった詩子は、数秒後にようやく我に返り、熱くなってしまう顔をどうにか冷まそうと手で扇ぐ。だが席に着くなり声をかけられた。

「ずいぶん、仲がいいのね」

福田が、今日も完璧なメイクをした顔で笑いかけてくる。けれど、目が笑っていない。

つまり、行き遅れと呼ばれ、ライバルですらなかった詩子が、誰もが狙っている男を捕まえたのが気にいらないということなのだろう。

詩子にしてみれば、この結婚は事情があってのことなので、本来なら福田にだって恨まれる筋合いはないのだ。

けれどそれを教えることはできない。

面倒だなぁ、とパソコン用の眼鏡をかけながら詩子は曖昧に笑って流したが、それで終わりにはならないようだ。

「町田さんって、すごいわよね」

「――え？」

福田は真向かいの席からよく通る声で言った。

「結婚なんて興味ありませんって顔で、私たちのこと馬鹿にしてたのに、自分はあんな人ちゃっかり捕まえててさ。でも急に結婚だなんて。まぁ三十になる前にギリギリ間に合わせたかったんだろうけど。その微妙な歳を理由に寺嶋さんに迫ったの？」

「やぁだ、悪いわよー、町田さんだって、結婚したかったんでしょ？　頑張った結果なんじゃないの？」

福田の隣に座る女性も、後輩のひとりだ。

笑っているが、詩子が笑えるところなどひとつもない。

フロアすべてに声が届くわけではないが、総務部の中には響いているだろう。

詩子はその全員から、敵意ある視線を向けられている気がした。

詩子はそれが不快だった。

全員が全員、同じ気持ちで詩子を見ているわけではないだろう。でもどうしてあの政喜が詩子を選んだのかと、不思議には思っているはずだ。

仕方がないじゃない――契約なんだから。

そう思ったが、周囲の反応をすべて無視して割り切れるほど、詩子は人ができているわけではなかった。

ひとつ息を吐くと、冷静な声で福田に言う。

「結婚したかったわけじゃないわ。する必要があっただけよ」

「は？　どういう意味？　もしか子供でもできて……」

「違います。それより、S社のプレゼンボード用の見積もり、揃えてくれたの？」

福田の想像を即座に切り捨て、詩子は差し迫った仕事を促す。

福田はまだ何かを呟いていたが、もう無視をすることにした。

自分のことだけでも大変なのに、他人の愚痴《ぐち》や嫌みなんて受け付けている余裕はない。

そもそも、詩子だってしたかったわけではない。それは確かなことだった。

あれ、私、でも、どうして結婚したんだっけ……ああ姫子の結婚でみんなから結婚をすすめられて……

家族の期待を裏切りたくなかった詩子は、どうすればいいのかわからなくなっていた。

家族に心配をかけたくなかったが、安心させてあげられる材料はどこにもなかった。それでもどうにかしなくては、と考えてしまうほど板挟《いたばさ》みの状態だったのだ。

そこに現れた政喜は、詩子にとってまさに渡りに船だった。

その船に乗ってしまうところが、酔っ払いなのだろう。

そもそも、そんな勢いで婚姻届にサインする自分がおかしいのよ。

自分のせいでもあるのがわかっているので、行き場のない怒りが詩子の中に渦巻いていく。

あ、でも、結婚したって……みんなに言うべき?

詩子はそもそもの発端《ほったん》である家族に、未だ何の連絡もしていないことをようやく思い出した。

次女の姫子には日曜日に会ったけれど、彼女は新婚旅行中だ。詩子が言わないで、とお願いした以上、両親にも黙っていてくれるだろう。

いや、この結婚は「彼の仕事」ありきのはずだ。

政喜の調査が終われば、結婚している必要もなくなる。調査にどのくらいの時間を要するかはわからないが、仮に家族に報告した後すぐに離婚ということになれば、別の意味で心配をかけることになるだろう。それでは本末転倒だ。

詩子はパソコンの画面をじっと睨み付けたまま、そんなことを考えていた。

そのうち、動かない詩子を訝しむような視線を隣から感じて、慌てて動き始める。

自分が仕事をしないでどうするの……

詩子はまた息を吐き出した。

「ちょっと、資料室に行ってくるわ」

隣にそう声をかけて、詩子は上階へと向かった。

十三階は、半分以上が資料置き場になっていて、扱っている建材のサンプルやカタログなどがある。他には大きな会議室といくつか小部屋があるだけなので、下と比べてとても静かなフロアだ。

詩子は、広いフロアの一角にあるカタログの棚を見渡す。

ついでに、福田さんが今作ってる見積書の建材サンプルも持って行ってあげようかしら。

過去の見積書についてはパソコンからデータで呼び出せるが、営業が取引先に見積書を持って行く際、サンプルがあったほうが説明しやすいことは詩子もよく知っている。

詩子は自分が使う冊子を取り、隣の棚からいくつかのサンプル板を取り出した。

両手で抱えるほどの量だが、手間は一度で済ませたい。

「よ、っと……」

一気に持ち上げたところで、詩子は奥の部屋を思い出した。

建材資料が揃っている資料室の一番奥には経理用の書類を収めた小部屋がある。

データで残すことが一般的になっていても、紙の書類は未だ必須だ。棚卸《たなおろ》しの資料から決算書類まで、奥の小部屋にきちんと管理してある。

当然、その部屋には鍵がかかっているが、総務課長の代理を務める詩子は、その部屋のIDカードを持っていた。

ついでに――ついでっていうか、確かめないと……疑ってるわけじゃないけど。

これまでずっと勤めてきた会社だ。同僚たちが毎日頑張っているのは、詩子だって知っている。けれど詩子がしようとしていることは、その同僚の誰かを疑っているようなものだ。

疑いたくはない。しかし、はっきりさせなくては政喜の仕事は終わらないし、全員が疑われたままというのも気分が悪い。

早く横領犯がわかれば、あの人も……私だって。

このおかしな関係も、終えることができる。

詩子は自分の顔が歪んでいるのに気づいていたが、構うことなくカードキーを滑らせて奥の資料室へ入った。

「……よいしょ、と」

部屋に入り、持っていたサンプル資料をとりあえずテーブルに置いた。

そして、どこから調べようか、と資料室の電気をつけた瞬間だった。

「――――っ!?」

背後から羽交い締めにされ、一瞬息が止まる。

「――詩子さん」

思わず悲鳴を上げかけたが、耳に届いたその声と呼び方から相手がわかり、眉を寄せる。

振り返ると、詩子が見上げるほどの高さに政喜の顔があった。

「――な、何してるの!?」

「詩子さんと一緒にいます」

そういうことを訊いているのではない！

いったい彼の頭はどういう構造をしているのか、一度かち割って見てやりたいという気持ちを込めて睨み付け、詩子は政喜の腕の中から逃れた。

「そうじゃなくて！　どうしてここにいるのかってこと！」

「詩子さんが入って行ったので、一緒に入っただけですけど……あ、それだけではなくて詩子さんに用があって、探していたので」

まだ子供のような言い訳をするのかと詩子が目を眇めると、政喜は慌てた様子で付け加えた。

「用事？」

「そうです。朝お話しした、帳簿の件ですけど、詩子さんのパソコンで確認させてもらえないか――と思ったんですけど、ここの資料、ちょうどいいですね」

「あ、ちょっと」

政喜は部屋の中にある棚を見渡し、長い足でさっさと奥へ向かう。

詩子が止める間もなく、決算書類の棚の前まで行くと、昨年のものを手に取った。

「勝手に、見るのは……」

「本社の社長の許可はもらってますから」

「――――」

詩子はあっさりと返された言葉に、事態の重さを知る。

東支店が疑われている、と一度聞いていたにもかかわらず、改めてショックを受けてしまった。

詩子が不安に揺れている間に、政喜は分厚いファイルをパラパラとものすごい速度で確認している。

その様子は堂に入っていて、思わず訊ねてしまう。

「……貸借とか、読めるの？」

「読めますよ。こういう数字にも強いので」

詩子は学生時代から事務をするつもりで就職活動をしていた。だから大学時代に簿記の資格も取った。そのおかげでこの会社にも入れたと思っているし、経理の仕事で困ることもなかった。

けれど、普通に営業職に就きながら、経理書類も読み解ける人はほとんどいないのではないか。

説明を受けながら数字の意味を理解することはできるだろうが、この資料を作る仕事は専門職だと思っている。

詩子が驚いている間に、政喜は二冊目の資料を読み終えていた。

速い、とまたびっくりしているうちに、政喜は三冊目の帳簿から二冊目に戻った。いったりきたりを繰り返し、三年より前には遡《さかのぼ》らなくなった。

「なにか……？」

あったのだろうか、と途端に不安になる。

政喜は書類に落としていた目を詩子に向けた。

「……このファイル、持ち出しは」

「禁止です。コピーも課長か支店長の許可がいります」

「うーん、そうですか……」

いくつかのページを見直している政喜に、詩子の気持ちがさらに揺れる。

変な動きなんてなかったし、不正があったらはっきりわかるはずだし……

それでも、詩子が気づかなかったことに、政喜は気づいたのだ。

まさか自社で不正があったなんて思いたくないけれど、間違いがあったのなら、早いうちに正さなければ。

詩子はただ不安がっている自分の気持ちを改め、政喜と一緒にこの問題を解決するため意を決した。

まるで資料を記憶しようとするかのように、じっと見ている政喜に、詩子はそっと呟く。

「……この資料、私のパソコンからでも閲覧《えつらん》できるけど」

その言葉で、ぱっと顔を上げた彼に、詩子の胸がどきりと鳴った。

「本当？　ありがとうございます！　さすが詩子さん！　大好き！」

「――ちょっと！」

最後のは必要のない言葉だし、抱きつく必要だってない。

ぎゅうっと喜びのままに抱きしめてくる政喜を必死に剝がそうとするが、心臓はさっきよりうるさく鳴っている。

「二時間ぶりの詩子さんの匂い……」

「ちょ、ちょっと……っ匂わないで！」

政喜は抵抗する詩子の力などものともせずに抱き込むと、鼻を耳の後ろに摺り寄せてすんすんと匂いを嗅《か》いでいる。

その行動はまったく変態そのものだ。

こんな男の表情ひとつに胸を苦しくさせる自分が恥ずかしい。絶対おかしい！

詩子は引き剝がそうともがく手に、より一層力を込めた。

「もう……っは、な、れ、て――っ」

「……ふふふ、頑張る詩子さんも可愛いです……」

「可愛くないっ！　これ以上すると契約は破棄するわよ！」

まるで子猫と遊んでいるような楽しげな政喜に、怒っていることを示すために強力なカードを持ち出した。

すると政喜は、子供のように唇を尖らせてしぶしぶながら腕を放す。

「ちぇ……ひどいです、詩子さん」

「ひどいのはどっちなの……と、とにかく、資料は見られるけど、他の人がいる時は無理よ。さすがに決算資料をあなたが見ているのはおかしいもの」

館下建材の決算は年末だ。

今期はまだ始まって数か月だし、本社から来たばかりの営業が見るような資料でもない。他の人たちをどう誤魔化せばいいか、と考えたが、政喜の返事は簡単なものだった。

「じゃあ今日は、一緒に残業しましょう」

「……え？」

「僕、ちょうどI社に見積もりを依頼されているんです。プレゼンボードも作りたいから、一緒に資料作成を手伝ってくれますか？」

「……ええ？」

思わず二度訊き返してしまったが、きっと詩子でなくても訊き返すはずだ。

I社は、この会社でこれまで取引が成功したことのない、業界でも大手のゼネコンだ。もしその仕事を取れれば、政喜は東支店に来てたったの二日で上半期の業績でトップに躍《おど》り出るだろう。

「え……ほ、本当に？　I社の仕事を？　どの工事の？」

「市の図書館の改修工事ですよ」

「……すごい」

「まだ取ったわけじゃないですよ。これから見積もりを作るんですから」

「そ、そうだけど……」

それでも、見積もりに参加できるところまでこの短期間で漕《こ》ぎつけたことに、詩子は驚嘆していた。

本当に、本社のエース営業なんだ……

仕事ができる男だと改めて思い知らされ、愕然《がくぜん》とした。

本当なら、詩子がこんなふうに軽口を叩ける相手ではないのかもしれない。でも確かに目の前にいて、詩子の気持ちを思うまま揺さぶってくる政喜に、自分のこれからが見えた気がして小さく震えた。

未来を見ても、考えても、いいことなんて何もない——

同僚の誰もが、政喜の相手が詩子であることをおかしいと思っている。それは事実で、詩子もよくわかっている。期間が決まっているから付き合えていると知っている。

けれど詩子の気持ちは、もう詩子本人でも止められないところまで来てしまっているようだった。


ふたりで残業することについて、周囲にはあまりいい顔をされなかった。

当然だ。

ただの同僚ならともかく、ふたりは夫婦だという事実があるのだから、誰もいなくなった会社で何をするのかと邪推《じゃすい》されても仕方がない。とはいえ、何かをするためにこんなに堂々と残業申請する人もいないだろうが。

ただ、ふたりが結婚しているという事実をまだ受け入れていない様子の福田は、しつこく政喜を誘っていた。

「資料作りなんて、町田さんに任せておけば大丈夫ですよぉ。それより今日お暇《ひま》なら、一緒に飲みに行きません？　ほら、親睦会《しんぼくかい》も兼ねて……みんな一緒でもいいですよ？」

みんな、という中に、詩子は入っていないのだろう。何しろ、資料を作らなければならないのだ。

正直、他の誰かからチクチクと嫌みをぶつけられ続けるより、ひとりで終わらせてしまったほうが楽ではある。いつもなら政喜に福田たちを押しつけるところだ。

が、資料作りは口実なのだ。いや、実際に資料も作るのだが、自分たちにはそれよりも大事な作業がある。それがあるから、政喜も福田に付いて行くことはない。

「悪いね、親睦会はまた別の日に。詩子さんの都合もあるし。プレゼンボードの作り方も習っておきたいから」

「あっ、私、プレゼンボード作れます！　一緒に作りましょうか？」

福田は諦め悪く、政喜にしなだれかかるほどの距離で笑いかけている。しかし政喜は同じ笑みを浮かべるだけで、丁寧に断っていた。

「ありがとう。でも今回は、詩子さんに習うので」

フロアから出て行く時の福田の顔は、せっかくの綺麗な顔がもったいないほど不機嫌な表情をしていて、詩子を睨んでいくのも忘れなかった。

詩子はこっそりため息を吐く。ここ数年、福田たちから同じ女子として見られることがなく、嫉妬の対象になることもなかったせいか、女性特有の敵意とは無縁でいられたが、それが一気に降りかかり、疲労感を覚えていた。

こんなに疲れることなんて、代わってあげたいくらいなのに。

「詩子さん？」

詩子の隣の席に座っていた政喜が、機嫌の悪い詩子の顔を覗き込む。

フロアからはすでに、ほとんどの人がいなくなっていた。

「どうしました？」

「……別に。仕事、しましょうか。早く終わらせて帰りたいし」

「そうですね、早くふたりきりになりたいですよね」

そういう意味ではない、と詩子は慌てて周囲を確認すると、ちょうど帰りかけていた桐山と目が合った。

桐山は不満でもあるのか、機嫌の悪そうな顔でじっと詩子を見据えるが、何かを言うわけでもない。

「……課長、お疲れさまです」

「……お疲れ、早く帰れよ」

詩子が先に頭を下げると、桐山はそれだけ言って出て行った。

いったい何だと言うのだろう。立て続けに八つ当たりのような悪感情をぶつけられ、さらに気分が悪くなる。

もやもやしたものを抱えつつ、顔を顰めてパソコン画面に向き直ると、政喜がじっと詩子を見つめているのに気がついた。

いつものにやけたような笑みではなく、こちらもどこか厳しい表情だ。

「……どうしたの？」

何で突然、ふてくされているの。

政喜の機嫌が悪くなるようなことは何もなかったはずなのに。

「……別に」

「別にって……」

「詩子さん、機嫌悪いね」

機嫌が悪いのはそっちだ。

子供のように顔を背けた政喜に、そう言い返したかったが、それでは自分も子供のようだと思い留まる。けれどため息は止められなかった。

「……仕事、しましょう」

ちょうど、フロアには他に誰もいなくなっていた。

詩子は机の端に重ねていたプレゼンボードの資料を政喜に渡し、どんな内装にする予定なのか訊いた。

「大きな古い図書館なんです。だいぶ昔の建物なのに、採光はとてもよく考えられていて、うまく設計してあったので、メインはフロアー材の張り替えになると思います」

「床は？」

「現在は無垢材《むくざい》ですが、状態がよくないですね。床が抜け落ちそうなところもあるし、撥《は》ね上がって躓《つまず》きそうな部分もある……予算の関係上、新建材にしなければならないのが辛いところでしょう」

「そう……図書館側も予算がなくて辛いでしょうね……あ、じゃあ村上《むらかみ》産業のフロアー材なんてどうですか？」

「村上産業……相川《あいかわ》の担当の？」

「——そう、よく知ってましたね……」

「初日に自己紹介した時に、それぞれの担当も聞きました。僕は一度聞いたら忘れませんので」

あっさり言ってのける政喜だが、それがどれほどすごいことかわかっているのだろうか。

東支店の営業は、政喜が入って十一人になった。それぞれの担当するメーカーや取引先はかなりの数で、誰がどの担当かは、長く勤める詩子でさえ確認しなければわからないところもある。

この人はいったいどれだけの力を持っているのだろうか。

普段のふざけた言動はともかく、あまりに優秀すぎる気がして、詩子は困惑していた。

あまり、すごすぎないでいてほしい……

そんなことを考えて、慌てて否定する。本当の彼がどんな人でも、詩子には関係ないはずだ。

「あ、えっと、その村上産業さんと、相川さんが前に話してたのを聞いてしまったことがあって……木の匂いのするフロアー材があるんですって。国内生産しているから、ちょっと割高だって言ってて、どんな匂いかしらって、思ったことがあったので。もちろん、もっと他にいいものがあれば」

「へぇ……じゃあちょっと見てみようかな。資料は相川が？」

「持っていると思います。でも、ホームページの検索ならこのパソコンでもできるから」

詩子は政喜が興味を示してくれたことに嬉しくなって、自分のパソコンで検索し始める。

「あ、でもこれ……思ったより、高そう。……予算大丈夫かなぁ」

「ん、考えてみます」

政喜の軽い返事に、詩子は期待を消した。

良いものは高い。けれど、高ければ良いというものでもないのがこの業界の常識だ。最高品質のものばかりを受け入れてくれるような取引先など、そうそういるものではない。予算内で、他に良いものだってたくさんあるはずなのだ。

少し残念だけれど仕方のないことだ。気持ちを切り替えようと政喜を見ると、彼はパソコンの画面に目を向けたままだった。

「——詩子さん、このパソコンから資料が見られるんですよね？」

「——あ、はい、うん」

唐突だったが、詩子はこの残業の本来の目的を思い出した。

彼はこの東支店の決算資料を欲しがっているのだ。

営業成績を上げに来たわけではない。

詩子はもやもやとする気持ちを抑えて、パソコンの共有データフォルダから経理を選び、認証パスワードを打ち込む。

この認証パスワードが使えるのは、詩子以外では総務課長と支店長だ。特例で詩子のパソコンで使えるのは、長年の経験と実績により、信頼があるからだった。

長く勤めてきただけに、詩子はその信頼に応えたかった。政喜を手伝うことで、会社の悪い部分を見つけて退治できればと思いながら政喜に画面を向ける。

「……これが、今日見ていた決算資料。今年の途中までと、去年と一昨年。それからこっちのファイルがそれぞれの上下《カミシモ》の資料データ」

「ん、ありがとうございます。ちょっとパソコン借ります」

政喜はそれを見て、キーボードを引き寄せマウスを取った。

そこからは、詩子も驚くほどの速さだった。

長い指ではキーボードのほうが小さく見えるくらいだ。けれど動きは事務に慣れた詩子よりも速い。決算資料を作るのを手伝った詩子よりも、どこに何があるかを知っているかのような手さばきだ。

画面上に何枚ものファイルが重ねられていく。その上に、政喜はさらに資料を呼び出していた。

数字に強い、と言った彼の言葉は嘘や誇張《こちょう》ではなかった。数字だけではなく、パソコンにも強そうだ。

「……ん」

しばらくして政喜は手を止めた。

資料を見始めてから十五分ほどしか経っていないだろう。

もしかして、もうすべてを見たというのだろうか。そして何かを見つけたのか。詩子は不安になって問いかけた。

「……あの、何か、あったの？」

「あった」

「あったというか、あるはずのものがないのを見つけたというか」

「……えっ」

不正などない、間違いだったという答えを、詩子は心のどこかで期待していた。だからこそ、はっきりとした答えに胸が痛くなる。

「これ、去年の夏の工事。W社ですね。見積金額と、受注金額がこの資料。丁寧に作ってあって、わかりやすい」

「う、うん……」

その資料作成は、詩子も手伝っていた。

褒められても嬉しいと思えないのは、この話の続きがどこへ向かうか薄々感じ取ってしまっているからだ。

「でも、W社内の金額と誤差があります。三十万くらいかな。浮いた金はおそらく、誰かの懐の中ですね」

「……そう、ですか」

「それからヨコザワ産業のこのフロアー材、購入されてるけど、この品番は去年廃番になってるはず……それを購入しているのに、どこにも使われた形跡がない。うちで在庫を抱えていないのは、今日倉庫に行って全部の在庫を見て来たからわかってます」

「――そんな」

詩子は正直、どこに驚けばいいのか途中からわからなくなっていた。

不正が実際にあったということもショックだが、この資料だけで間違いに気づいてしまう政喜は、どんな頭をしているのだろう。

ヨコザワ産業はあまり大きなメーカーではないし、担当は東支店なので、本社にいた政喜はどんな会社であるか知らないはずだった。

それに館下建材の倉庫は港街にあり、この東支店からは離れている。抱えている在庫は膨大で、たったひとりで、しかも一日でチェックするのは不可能のはずだ。棚卸しの時ですら十数人で数日かかって調べているのだ。

彼はいったいどんな魔法を使ったのか。しかも彼の口ぶりだと、倉庫にあったものをすべて覚えている様子だ。一度見ただけで記憶してしまえるなんて、彼の頭の中の容量はどれほどなのか。

「あぁ、ここもおかしいので、ヨコザワ産業との取引は黒ですね……こちらの犯人が向こうの担当者と繋がっているのでしょう」

「……あの、でも、ヨコザワ産業のほうの金額、資料なんて、ここでの閲覧はできないはずだけれど。それにW社だって……」

あまりの勢いと自信を持った政喜の様子に圧倒されていたが、そこでふと、何故彼が他社の内部資料を知っているのかと、そのことが気になった。

　だが政喜はなんでもないことのように答える。

「ヨコザワ産業は、去年名城コーポレーションに買収されましたからね。運営は残された役員で行っていますけど、資料は名城に頼めば閲覧《えつらん》できます。W社も同様です」

「……それって」

　名城に頼んで見せてもらったっていうこと？

　詩子はその疑問を口に出せなかった。

　館下建材も名城コーポレーションの子会社だ。

　けれど名城コーポレーションは詩子たちにとっては雲の上の存在で、子会社といえど本社の社長以外は関わることすらないと思っている巨大企業だ。

　政喜は、そこで資料を見せてもらったことになる。

　子会社の、一介の営業社員が？　他会社の重要書類をそんなに簡単に見せてもらえるものなの？

　彼がますます得体の知れない存在に見えてくる。

　詩子が知る、軽薄ぎみで強引だけど、優秀な政喜は、本当の政喜なのだろうか。

　本当の夫婦のように、などと意味のわからない契約を実行しようとするあたりは少し変態じみているけれど、仕事には真面目で、考え方だって尊敬に値するような人だ。しかし優秀だからと言っても、一介の社員でできる範囲をすでに超えているように思え、疑問が不安に変わり、詩子を混乱させる。

今、当たり前のように隣にいるけれど、実際は同じ空気を吸うことだって許されないような人なのではないだろうか。

「――あなた、は……」

困惑が声に出ていたのだろう。政喜がふいに顔を向けにこりと笑った。

「館下建材の社長が名城の幹部と懇意なんです。僕もよく一緒に連れまわされてますから」

「――あ、そう、なの」

政喜の情報源は社長だった。

そう思うと、少し心が軽くなった気がした。

良かった、普通の、人、で……。

詩子は、何でそのことに安堵しているのか、自分でも不思議に思いながらも、まだ彼の隣にいられるのだと胸を撫で下ろした。

「大丈夫。詩子さん、僕は詩子さんの夫ですよ。どんなことがあっても、詩子さんだけを想っています。詩子さんを不安にさせるようなことは絶対にしません」

「――そんな、契約結婚なんだから、私にそんな気遣いは……」

要らないのに、と詩子は続けられなかった。

かつてないほど真剣な目で、政喜が詩子を見つめていたからだ。

まさに射貫かれるような強さに、詩子は逃げ場を探すように必死に頭を回転させる。

「……どうして、私、だったの」

「――詩子さんでなきゃ、だめだったから」

「私、私の、なにが」

「僕を動かせるのが、詩子さんしかいないからです」

「………?」

茶化しているわけではないことはわかるが、政喜の言葉は詩子にはよくわからなかった。

それはいったいどういう意味なのか、と詩子が訊き返す前に、政喜の手が詩子に伸びる。

詩子は逃げなかった。

自分の頬に這わされる長い指がもたらす、心を高揚させる何かを、知らず期待していた。

以前と同じように、詩子の眼鏡がそっと奪われる。

「詩子さん」

「――」

政喜のその呼び方は、すでに詩子の中で自然なものになっていた。

年下の詩子に、最初から敬称をつけていた政喜。

詩子を呼ぶ声は、いつも甘い響きを含んでいる。

詩子の気持ちを絡めとるように、政喜は何度も名前を呼ぶ。

反対に、詩子は政喜の名前をなかなか呼べないでいた。

強要されることはなかったが、このままではいけないとわかっている。

わかっているけれど、恥ずかしさが先立ち、うまく声にならない。

政喜の名前を呼んだのは、ベッドの上でだけだ。

そう考えた途端、詩子の意識は簡単に昨日の夜へ飛んでしまう。

私、こんなに、いやらしい女だったかな……

詩子は、いつの間にか自分が変わってしまっていることに気づいたが、それを簡単に認めてしまえるほど、男女の付き合いに慣れているわけではなかった。

それでも、自分を変えたのは政喜だとわかっている。契約結婚だとか、横領のことだとか、政喜に出会ってから驚きと不安に気持ちが揺さぶられてばかりだけど、それだけではないともう知っている。

最後の理性が働いて羞恥心は捨てきれていないけれど、詩子をおかしくさせる熱い眼差しに抵抗できる意志は残っていなかった。

「詩子」

きゅうに、よびすてに、しないで。

激しくなった動悸に負けたようなかすれた詩子の声は、簡単に政喜の口に呑み込まれた。

＊

町田詩子という女性を最初に見たのは五年前だ。

その時、政喜はすでに就職していたが、在宅ＳＥという仕事上、半分以上引きこもりのような生活をしていた。

そのことを心配していた両親から、何かと用事を言いつけられて外出していなければ、完全な引きこもりだったかもしれない。

だが政喜は、そんな生活で充分だったし、不満もなかった。

他人に興味がない政喜にとって、数字ばかりの無機質な世界は居心地がよく楽しかった。

他の誰かが何をしようと、どう考えようと、自分に関係はないと思っていた。

けれどあの日、五年前の雨の日、詩子を見た。

ゲリラ豪雨に見舞われた夕方だった。

そんな日に外に出なくてはならないのが恨めしく、いつもよりさらに機嫌が悪かった。

雨に濡れないよう、通りかかったビルの庇《ひさし》の下に逃げた。そう考えたのは政喜だけではない。庇の下は同じ考えの人でいっぱいだった。

突然の雨は、バケツをひっくり返したような、という言葉では足りないような雨量だ。

それでも、もう少ししたら止むだろう。

誰もがそう思って雨宿りしている。

「――アッ」

誰の声だったのか。激しい雨音の中で耳に届いた声に、おそらく、その場にいた全員の視線が動いた。

庇の外で、豪雨に晒される者がいた。学生らしきその男の鞄の口は大きく開き、荷物が零れ落ちている。一応傘を差していたが、この雨の中そんな折り畳み傘ではほとんど意味を成さないだろう。

それでもその男は傘を差し、歩いていたようだ。

地面に落ちた荷物の量と鞄を比べてみると、肩にかけている鞄だけでは容量が足りない気がした。だから溢れてしまったのだろう。

できるだけ濡れないようにと思って詰め込んだのかもしれない。しかしそれは愚策だったようだ。彼の足元の荷物はすでにずぶ濡れ状態だ。

もう少し考えて行動すればいいのに。

庇の下にいた者のほとんどは政喜と同じ考えだっただろう。

男は慌てて荷物を拾い集めているが、丸まった服のようなものはともかく、ノートはまず使い物にならないだろう。

その学生にとってはとんだ災難だったが、その一コマはただ立っているだけだった雨宿り中の人間にとっては、いい暇つぶしになっていた。

だがそこに、庇の下から男に向かって走り寄る姿があった。小さな傘を差しているが、それではこの雨は防げないとわかっているから、雨宿りをしていたのだろうに。

政喜はそれを呆れて眺めていたが、どこかの会社の制服を着た女性は、慌てる男の荷物を拾うのを手伝い、持っていた色つきのビニールの袋を差し出してその中に荷物を入れた。

男は大きな袋を手に入れたことで安堵し、荷物を拾ってもらったことに感謝していた。

大雨の中、何度も頭を下げる男は、急いでいるのかまた雨の中を走って行ってしまった。

男を手伝った女性は、全身ずぶ濡れで、庇の下に戻って来る。

「――ちょっと、何考えてんの？　びしょびしょじゃない、よくあんなことできたわね」

「――うん、書類、ありがとう。濡れちゃ困るから、そのまま持っていてくれる？」

「いいけど……」

その女性は他に連れがいたのか、呆れた声が政喜にも聞こえてきた。

「あんなの、自業自得なんだから放っておけばいいのに」

「そうだけど……どうしてもじっとしていられなくて」

「あなたが手伝ったところで、濡れてるものは変わらなかったでしょ。そんないい子ちゃんの振りとか、むしろ偽善者って感じで嫌みにしか見えないわよ」

「ああ……うん、そうだね。でも、偽善者でもいいよ」

濡れた女性の声が、政喜の耳にはとてもはっきりと聞こえた。

「動かなかったら、どうして動かなかったんだろうって、私が後悔すると思うから。自分が後悔しないようにやっただけだよ。自分のためなんだから、偽善と言われても別に構わないよ」

驚いた。

政喜は、少し離れた場所にいる女性をしっかり見ようと、無意識に首を伸ばしていた。

誰かを探すようなことをするのは、政喜には珍しいことだ。

他人に興味がない政喜を、弟の政文《まさふみ》はいつも小言を言いつつ心配している。

ただそれでも政喜には他人に興味を抱けなかった。ものを言わない数字や記号を相手に、自分の世界に浸ることで満足していた。

なのに、どうしてだろう。

彼女の言葉に、まるで雷にでも打たれたような衝撃を受けた。

他人のための行動を自分のためと言い切れる彼女に、政喜はひどく感銘を受けた。

誰だろう――

初めて、他人を知りたいと思った。

彼女は、誰なんだろう――

政喜はそこから、自分の持つすべての伝手《つて》を辿って彼女のことを調べ上げた。

写真を手に入れ、履歴書まで手にして、生活行動を知った。

けれどプライベートを知っていくほど、政喜の心は黒く塗りつぶされていった。

彼女には、すでに婚約者がいたのだ。

四章

危なかった。

会社でなんてことをしてしまったのだろうと、詩子は顔の火照《ほて》りがなかなか治まらなかった。

詩子たち以外は退社していたとはいえ、いつ誰が入って来てもおかしくない会社のフロアで、詩子は与えられる口づけに夢中になっていた。

政喜のキスはひたすら優しく、甘さがあって、どこまでも続けられてしまう。

ビルの警備員がちょうどフロアを通りかかり、外から声をかけてくれなければ、さらに身体が密着して離れなくなっていたかもしれない。

詩子は慌てて政喜から離れたが、『続きは、また後で』と囁かれた官能的な声が頭から離れない。もうプレゼンボードを作るどころではない、と詩子と政喜はそのまま会社を出ることになった。

手伝うはずだった仕事も中途半端なまま、結局政喜にすべて任せることになり、横領の調査のことだって、何ができるかもわからない。そもそも有能な政喜は、詩子の手伝いなど期待もしていないのだろう。しかし、不正を知ってしまった以上、知らなかった振りはできないし、自分ができる限りのことはしたい。

今、詩子にできることは、政喜の言う通り、会社で夫婦の振りをするだけ。

しかしその振りすら、きちんとできているか怪しい。

詩子の気持ちが振りだけでは難しくなっているからだ。

他人がいない場所での夫婦らしい行為など、何の意味もないはずなのに、政喜に誘われると拒む力も湧いてこない。

どうして自分が選ばれたのかもわからないままで、詩子はあまりの情けなさに肩を落とした。するといつの間にか、自然に詩子の手を取っていた政喜が、その手を強く握る。

「詩子さん。貴女がいるだけで、僕は幸せなんです」

「……っ」

十人が十人とも振り返るような容姿をしている男に、真正面から笑顔でそんなことを言われて、無反応でいられる人間がいたら見てみたいと詩子は思った。

顔が熱い。

熟《う》れたトマトのように真っ赤になっているはずだ。

政喜はいったいどういうつもりで、詩子をだめにしようとしているのだろう。

そうだ、だめになるんだ。

桐山と別れてから男性不信に陥っていた詩子は、自分にそんな言葉をかけてきたり、好意を向けてくる人などいないと思っていたし、いても信用できないと思っていた。

だから仕事に集中していたし、それで満足していた。

なのに、結婚を半ば諦めた今頃になって気持ちが揺さぶられることになるなんて、数日前の詩子は想像もしていなかった。

期限付きの関係は、結婚を望まなくなっていた詩子にはありがたい条件だったはずなのに、蕩《とろ》けるような笑みを向ける政喜が、詩子の気持ちを掻き回し、だめにしている。

契約が終わった後、詩子は果たして本当に、以前の詩子に戻れるだろうか。

答えはわかっているけれど、自分でどうにかできるくらいなら、詩子はこんな事態に陥っていない。

詩子は政喜を見ていることができなくて、耳まで赤くした顔を隠すように俯《うつむ》いた。

「……そういうことは、言わなくていいの」

どこか拗《す》ねたような声になってしまうのが情けなかったが、詩子が今できる精一杯の抵抗だった。

その心の壁を、政喜はまた簡単に崩してしまう。

「どうして？　本当のことなのに？」

「……これ、だって、この結婚、契約に必要だったから、でしょ、契約が……」

「そうです。僕は、詩子さんとの契約を守りきりますからね」

確かめなくてもよかったのに、改めて言われると詩子の心臓がつきんと痛みを訴えた。

いつか傷つくとわかっているのに、もう逃げ出すこともできない。

自分はどれほど馬鹿なんだろう、としみじみ感じながらも、詩子は手のひらから伝わる熱をどうしても振りほどけなかった。

「これからも、よろしくね、奥さん」

「…………」

いつか奥さんでなくなることがわかっているのに、そう呼ばれることが嬉しい。

嬉しいなんて、思ってる時点で、もう末期だよ……

どうしてこんな人と、出会っちゃったんだろう。

契約だなんて簡単なノリで、結婚しちゃったんだろう。

詩子はいつの間にか政喜に心を奪われていたことを認めてしまっていた。

必死に心に壁を作って頑張っても、無駄だったのだ。

この先、どうすればいいのだろう、と深くため息を吐いた時、政喜の足が止まった。

顔を上げると、政喜の宿泊しているホテルの前だった。

いつの間にここまで戻ってきていたのか、と驚いたが、足を止めた政喜も何故か驚いた顔をしている。

「……あの？」

詩子が声をかけるのと同時に、違う場所から声をかけられた。

「政喜！」

前方に若い親子連れがいる。その中から、父親らしき男が駆け寄って来ていた。

「……政文」

政喜がぽつりと名前を呟く。社交的な彼にしては珍しく、不愛想な声音に聞こえた。だが詩子が訝しんでいるうちに、父親らしき男は笑顔で政喜に近づくと、頭のてっぺんからつま先までを確かめて、面白そうに笑った。

「元気そうだな、仕事は？」

「順調」

「それは結構——ところで、そちらの方は？」

政喜に政文と呼ばれた男はにこやかに詩子を見る。

一緒に政喜の視線も下りてくる。

突然注目されて、詩子は緊張した。

相手が誰なのか、詩子は何となく理解していた。政喜と顔がよく似ているし、身長も体格もほとんど一緒だ。

「詩子さん、これは政文、弟です。政文、彼女が詩子さんだ」

「詩子さん！　彼女が！　どうも初めまして、兄がお世話になっております」

「こ、こちらこそ……っ町田詩子、です」

政文はとても驚いた様子だったが、それは嬉しい驚きだったようだ。にこやかだった顔がさらに破顔する。

何故か詩子のことを知っているような反応だが、忌避されている気配はなく、むしろ大歓迎されている気がする。

「貴女には本当に、家族全員感謝しているんです。どうでしょう、今度、ぜひ両親にも会ってやっていただけませんか。兄には早く身を固めてもらいたいと思っているんです」

「……はあ」

詩子の返事は曖昧なものになってしまった。

政文の言っていることがよく理解できなかったからだ。

いったいどういうことなのだろう。

政喜の弟は詩子のことを知っているようなのに、すでに結婚していることは知らないということだろうか。

そういえば、詩子も両親にそれを言うべきかどうか悩んでいたのだった。もしかして政喜も、誰にも言わないで婚姻届を出してしまったのだろうか。

ともあれ、もし彼がこの契約結婚を家族に隠しておきたいのなら、今ここで家族と会うのはまずかったのかもしれない。

何しろ、詩子とは近い将来終わる関係なのだから、あまり仲良くなるのも後々困ったことになりかねない。

「政文、細かい話はまた今度にしてくれ。お前も奥さんと子供を放っておくんじゃない。さっさと向こうへ行け」

「……ははは、政喜、何を隠しているのかなぁ？」

追い払うように手を振る政喜の態度に、政文は途中から真顔になって鋭い視線を向けていた。

口元は笑っているようだが、目はまったく笑っていない。

その迫力に、詩子は一歩下がってしまったほどだ。

「何が言いたい？　僕は、僕たちは忙しい。母さんたちにも、今度話しておく。心配するなと伝えておいてくれ」

「政喜、俺を誤魔化せるなんて、思ってないよな」

冷ややかな兄と、表面上はにこやかな弟。

その対面に巻き込まれた詩子は、できればこの場所からこっそり逃げ出したいと思っていた。

「——結婚!?　したって!?　まさかあの案を決行したのか!」

政文から逃げられないと思ったのか、政喜は仕方なく彼と話し合うことにしたようだ。ホテルの最上階にあるレストランの個室に通されて、そこで詩子は戸惑った。政文の妻と子供は別室のようだし、込み入った話なら自分抜きのほうがいいんじゃないだろうか、と思ったからだ。

しかし政喜は詩子の手を放さなかった。

政喜は長居したくないとばかりに、席にもつかず今の状況を政文に話し始めた。政喜が東支店の横領事件を調査している件については、政文も知っていたらしい。

弟さんも、館下建材の本社の人間なのかしら?

詩子がそう考えていた時、政文が突然驚きの声を上げた。

「本当に、マジで?　詩子さんと結婚したのに、俺たちには黙っているつもりだったんだ?」

最初の挨拶《あいさつ》の時点で何となく察していたが、彼はやはり結婚のことは知らなかったらしい。

「……言ったらお前たち、うるさいだろ」

「うるさくもなるだろ、政喜の結婚に無関心でいられるわけないだろ……そもそも、詩子さんのご家族にだって挨拶もしてないなんて……詩子さん、そちらのご家族は、呆れていらっしゃるんじゃないですか？」

「――え」

急に水を向けられて、詩子はすぐに返事ができなかった。

何しろ、詩子だって家族には黙っているからだ。

「え、ええと……うちは、別に……」

大丈夫ですよ、と笑って誤魔化そうと思ったが、政文は誠実で真面目な人らしい。いい大人の見本のように、真剣な顔で諭してきた。

「本人同士が納得しているのならいいですけど、結婚は家の問題でもあるでしょう。相手の家に挨拶もなしに、寺嶋の家にお嬢さんをもらっただなんて父さんたちにバレたら……政喜、本気で怒られるよ」

「……詩子さんのご家族には、きちんと挨拶に行く。それは決まっている」

「えっ」

いつの間にそんな予定になっていたのか、と詩子は驚いた。

「詩子さん、ご両親にご都合を伺っておいてください。近々、一緒に行きましょう」

「え、えーと……はい」

にこりと笑って政喜に言われ、詩子は躊躇いつつも頷くが、ふと違和感を覚えた。

「うちの親にも、だ。詩子さんを独り占めしたいのはわかるけど、ちゃんとけじめつけろよ、政喜」

「うるさい」

詩子は、目の前で繰り広げられるふたりの様子を見ているうちに、自分の違和感の理由に気づいた。

政喜が、無表情なのだ。

詩子に対しては鬱陶《うっとう》しいほど感情豊かに接しているのに、弟の政文に対しては、いったいどこに感情を捨ててきたのだろうというほど、表情がなかった。

けれど政文のほうは、それが当然であるかのように受け答えをしている。むしろ政文の表情のほうが、いつもの政喜に近いものがある。

政喜のこの落差は、いったいなんなのだろうと困惑していると、政文がいいことを思いついたという表情でにやりと笑った。

「そうだ、政喜。横領の調査の件、今日の報告はまだ済ませてないだろう？　今のうちにさっさとしてきたら？」

「……別に後でも構わない」

「でももう業務は終わっている時間なのに報告がないと、後で何かの最中に電話がかかって来るんじゃない？　さっさと終わらせたほうが詩子さんとまったりできるだろうし――あと、母さんか父さんにも連絡入れたほうがいいよ」

「――詩子さん、すみません。少しだけ、席を外します……政文、わかってるだろうな」

「はいはい、ごゆっくり」

政喜は政文を睨むのを忘れずに、しぶしぶという体《てい》で携帯を片手に個室を出て行った。

残された詩子としては、突然、夫の弟とふたりきりにされて緊張するが、ここで詩子も席を立つという失礼はできない。

しかし、どう間を持たせればいいのかわからず困っていると、政文のほうが明るい声で話しかけてくれた。

「――あ」

「兄、いつもと違うでしょう？」

先ほど詩子が疑問に思っていたのを、政文はどうやら気づいていたようだ。

「兄は、基本的に無表情だし、会話も最低限なんですよ」

「え……っと、そうなん、ですか？」

実際にそういう政喜の姿を目の当たりにしても、詩子はいまいち信じられないでいた。

詩子の知る政喜は、いつも感情豊かで、それに振り回されているからだ。その彼が、基本的に無表情だと言われてもすぐには納得しがたい。

「あまりに人間味がないから、家族みんなが心配していたくらいなんですけど……詩子さんに会って、兄は変わりました。だから本当に、俺たちは貴女に感謝しているんです」

「私、が……？　いったい何を？」

「うーん……俺が話してしまうと、兄が怒りそうなので、詳しくは兄から聞いてください。とりあえず今言えることは、貴女が引きこもりだった兄の目を外に向けさせてくれた、とだけ」

「引きこもり？　えっと、どうして……？」

聞けば聞くほど、詩子はこんがらがってくる。

詩子が戸惑っていると、政文はにやりと笑った。

「貴女は女神のような人だ。兄はちょっと執着心が強くて、大変かもしれませんが、これからもよろしくお願いしますね」

「は……はい、こちらこそ」

思わずそう返してしまったが、詩子は戸惑うばかりだった。

「これからも」と言われたが、この結婚は契約が終わればなくなってしまうもののはず。それなのに、政文の口ぶりだと、この結婚が一生続くかのようだ。

政喜は、この弟にどこまで話をしているのだろう。政文が先ほど、「あの案」と言っていたのは、契約結婚のことではなかったのか。政文は今回の調査の関係者ではないのか。

混乱する詩子をよそに、政文は嬉々として兄のことを語り続ける。

事情がわからず不安になるが、詩子自身、うまく説明できるとは思えない。そしてわからない以上、何を言っても失言になりそうで、政文に答える言葉は少なくなる。

「兄は、ああ見えてわかりやすいんですよ。さっきもそうだけど、基本単語で話すような男なんです。でも長文を話し始めたら、何か誤魔化したいことがあると思って間違いない」

「あ、さっき……？」

「そう、わかりやすかったでしょう？」

詩子は先ほどの兄弟の会話を思い出し、言われてみればそんなふうであったように思う。

ただ、詩子に対してはいつもよく喋るし、表情も変わるからあまり参考にならないような……と思ったところで政喜が戻って来た。

「――政文、詩子さんに余計なことを話してないだろうな」

「余計なことって？　俺は何も話してないよ。ね、詩子さん？」

「あ……えっと、はい」

余計なことを聞いてしまった気がするが、詩子としては曖昧に頷くことしかできない。

「さっさと家族のところへ戻れ」

「はいはい、じゃあまた。詩子さんも、今度は、家族全員で」

詩子が返事をする前に、政喜は政文が出て行った扉をぴしゃりと閉めた。

そしてそのまま、詩子をぎゅうっと抱きしめる。

「ッ……！」

詩子には、政喜に言いたいことも聞きたいことも山ほどあったはずだが、彼の苦しいほどに強い抱擁は、まるで子供が親の温もりを求めているようにも感じられて、抗うことができなかった。

「――はぁ……」

どのくらい経ったのか、おそらく長い時間ではないが、詩子を抱きしめたまま、政喜が深く息を吐き出した。それから身体を擦りつけるようにして、詩子にさらに密着してくる。

「あ、あの」

「……ここで政文に会う予定はなかったのに」

「……そうなの？」

「そうですよ。そもそも、僕たちは新婚です。ふたりきりで過ごすべきなのに、家族が入ってきたら、詩子さんを奪われてしまう」

「はい？」

いったいどこを突っ込んだらいいのかわからないが、どうやらいつもの政喜が戻って来たようで詩子は少し安堵した。

「政文にバレた以上、うるさい親が出てきます……ああでも、詩子さんのご家族にはちゃんとご挨拶に伺うつもりだったんですよ、本当に」

「えっ」

「本当ですよ」

そこに驚いているわけではない。

詩子は、逃れられない腕の中で眉を顰《ひそ》めて仰《あお》のいた。

「……あの、どういう説明をするつもりで？」

「どういうって、結婚の報告でしょう？」

「結婚って……だって、私たちは、契約結婚だし……」

「契約だろうとなんだろうと、結婚したことには違いないじゃないですか。詩子さんは、僕のものになったんですから、ご家族には挨拶に伺うべきです」

「だ、だけど……っ」

「嫌なんですか？」

真上から真剣な声で問われると、すでに契約結婚という形に傷つき始めていた詩子は、彼ほどはっきりした態度にはなれないものの、返事はひとつしかない。

「……嫌では、ないです……が」

微かに抵抗を試みたが、当然伝わってはいない。政喜は満足したように笑った。

「では、後日一緒に」

「は、はい……あの、そちらのご家族には、どう……」

「うちはもっとずっと後でいいですよ。何か問題があれば、政文が言ってくるでしょう」

「はぁ……でも」

そんな態度でいいのだろうか。

政喜の家族に対する態度が、詩子への対応とまるきり違うことに戸惑っていた。どちらが本当の政喜なのだろう、と不安が過るが、わかったことは、さっきの政文からの『親にも連絡を』という言葉は無視されたのだろうということだ。

もしかして政喜は、詩子の家族に対しても冷淡になるのだろうか？

家族はいつも詩子のことを想ってくれている。時々、のしかかる期待が重く感じられることもあったが、詩子にとっては最愛の家族なのだ。

家族の期待を裏切りたくなくて、酔いと勢いで結婚してしまったものの、彼らに『これは契約結婚だから』などと割り切った説明が通るはずもない。逆に不安がらせるか、怒らせてしまうか——最悪、期待を裏切られたと悲しませるかもしれない。

詩子の大事な家族に政喜がどんな態度を取るのかわからず、どう説明するのかも思い浮かばず、詩子はどれほど考えても答えは出ないように思われた。

あまり良い未来が思い描けなくて、詩子は思わず政喜の背中に手を回して力を込める。

それをどう思ったのか、政喜も強く抱きしめてくる。

「……詩子さん、大丈夫ですよ。決して、詩子さんを悲しませるような事態にはしません」

「それは……」

「僕を信じてください」

「……あ、ありがとう」

政喜の言葉は詩子の心に優しく響いた。力強い腕と、きっぱりとした自信のある声は、詩子を安心させてくれるものになっている。

それにほっとして広い胸に思わず身体を預けてしまっていたが、次いで聞こえてきた政喜の言葉に今度は耳を疑った。

「とりあえず今は、詩子さん成分が足りません、部屋に戻って補充させてください」

「……えっ」

それはいったいどんな成分なのだろう。

考えたけれど、恥ずかしいことしか思い浮かばなくて動揺してしまう。

「で、でも、夕食は……ここで、いただくわけじゃないの？」

「部屋でも同じものを用意できますよ。先に詩子さんをいただいてから、途中の休憩で食べましょう」

それってその後がまだあるってこと？

詩子はあからさまな言葉に顔を赤らめるが、強引な政喜に逆らう術は持っていなかった。

部屋に戻ると、詩子はシャワーを浴びるように言われた。

すぐに寝室へ向かうものと思っていた自分があまりに期待していたようで、恥ずかしくなる。

もしかして、汗臭《くさ》かったりした？

詩子は自分の匂いが気になって、慌てて着替えを抱えてバスルームに入った。バスタブにお湯を溜めながら服を脱いでいき、下着だけになった時、バスルームの扉が開いた。

「——えっ」

驚いて振り返った先には、シャツとスラックス姿の政喜がいる。

詩子はほぼ裸の自分に気づき、慌てて何かで隠そうとするが、政喜はまるで気にせず自分のシャツを脱ぎ始めた。

「あ、僕に合わせず。どうぞ、お先に」

「お先って……！　どうして入って来るの!?　お風呂入りたいなら、先に入るって言ってくれれば、と詩子は狼狽えながらも服に手を伸ばす。だが、それは政喜の手に阻まれた。

「一緒に入ろうと思いまして」

「――はあ⁉」

びっくりして固まった詩子を、政喜は好都合とばかりにシャワーブースに引き込んだ。

お互い下着を着たままなのに、政喜はまったく気にせずお湯を出す。

「ちょ、ちょっと、ま……っ」

「――匂いが」

「え？」

「政文の匂いが、詩子さんからするんです」

「……はい？」

意味がわからない、と詩子が訊き返すと、政喜は詩子の身体を抱きしめて、首筋に顔を埋める。本当に匂いを確かめているようだ。

「僕以外の男の匂いがするのが、許せない――すぐに落とさないと、だめです」

「だ、だめって……！」

確かに同じ個室にいたけれど、政文から特別な香りがしていた記憶はない。もしかしたら、上等なオードトワレでもつけていたのかもしれないが、詩子にはまったくわからなかった程度だ。

それに一緒の部屋にいたのだから、香りが移るなら政喜だって同じはずだ。

だがそう思った詩子の混乱は、政喜には通じない常識のようだ。

「あの……んっ、や、だめ……っ」

「僕の匂いだけでいいはずです……僕の詩子さんなんですから……そうですよね？」

政喜は本当に詩子の身体に自分の匂いを付けようとしているのか、肌を摺り寄せて、大きな手のひらでいつものように詩子の身体を弄り始める。

詩子の胸の先が政喜の硬い胸で擦られ、まだ下着を穿《は》いたままの臀部《でんぶ》を強く摑まれた。

そのまま片脚を持ち上げられ、詩子は強制的に政喜の腰を挟み込む体勢にさせられる。

「あ、あ……っ」

「全部に……ここに、僕の匂いを、もっと、付けないと」

「ん、ま、待って、まさき、さ、ん……っ」

「……待てません、だって、詩子さんの匂いが、濃くなってきた」

どんな匂いがするというのか。

詩子は耳に送り込まれる囁きに、頬が熱くなった。

政喜は自分の下着をずらし、すでに上を向き硬くなっていた性器を詩子に擦《こす》りつける。

詩子は頭の中が真っ赤になった気がした。

政喜の匂いがしたからだ。

自分の嗅覚《きゅうかく》も、大概《たいがい》おかしくなっている。

戸惑いながらも、詩子はそれを止める術を知らない。

それでも、最低限の理性が声を上げさせる。

「こ、こ……で、いれちゃ、だめ……っ」

「――詩子、さん……っ」

精一杯の抵抗が通じたのか、政喜は詩子の下着越しに自分の性器を擦りつけ始めた。

「ん、あ、あっあぁっ」

お互いの身体は湯気が昇りそうなほど熱く、すでに昂っていて、その刺激だけでどうにかなってしまいそうだった。

そうして、彼はしばらくの間執拗《しつよう》な愛撫を繰り返した後、想いを吐き出すように達したようだった。最後の抵抗だけは功《こう》を奏《そう》したのか、挿入されることはなかったけれど、詩子の下着や脚は汚された。

そして詩子も、同じだけ自分が濡れているのを感じていた。

荒い息を繰り返しながら、詩子も確実にその匂いを嗅ぎ取っていた。

「……匂い」

「詩子さんから、僕の匂いがする……」

政喜の満足そうな声を聞き、詩子も何かが満たされた気がした。

シャワーブースで政喜が満足するまで付き合った結果、詩子はおざなりにシャワーを浴びるのが精一杯で、ふらふらになりながらベッドに倒れ込んだ。

政喜は、詩子のそんな情けない姿を、目を細めて見つめてくる。

いったい何がそんなに、嬉しいのだろう――

政喜をぼんやり見返すと、彼は何かに満足したように頷き、裸のまま詩子の側に腰かけて、パソコンを膝の上で開いた。

どうやらそこで仕事をするらしい。

詩子は眠りかけの状態でそれを見上げた。

政喜の顔は、横から見ても下から見ても整っている。そして惜しげもなく晒された肉体は、美しい彫像のように鍛えられていて、詩子の視線を釘付けにする。

「……どうして」

「何ですか、詩子さん?」

詩子はいつの間にか疑問を口にしていたようだ。

小さな囁きだっただろうに、政喜は聞きもらさずきちんと反応する。それに躊躇いつつも、詩子は訊いてみることにした。

「……パソコンとか、デスクワーク、得意なのに、どうしてそんな鍛えられた身体をしているのかと、思って」

訊いてから、かなり恥ずかしいことを訊いてしまったのでは、と思ったが、政喜はなんでもないことのように教えてくれる。

「趣味ですかね」

「――趣味？」

「パソコンに向かってばかりで気持ちが塞いでくる時は、身体を動かしていたので……暇さえあれば、筋トレなどを」

「そうなんだ」

詩子は頷きながら、納得した。

こんなにもはっきりと腹筋の割れた人を初めて見たからだ。けれどそれが趣味によるものとは予想外だった。今も筋トレをしているのだろうか、と思っていると、政喜が詩子の髪に指を絡めるように頭を撫でてくる。

「心配なさらなくても、詩子さんなら僕はいつでも抱えられますから」

「――そういう、心配はしてません」

ついさっきも、お姫様だっこという恥ずかしい体勢で抱えられてベッドに移されたばかりだ。詩子は恥ずかしくなって政喜に背を向けた。

「――おやすみなさい、詩子さん」

背中に優しい声がかかる。

詩子は甘い挨拶を、ここに泊まって初めて耳にした。それが何とも恥ずかしく、もごもごと口ごもるようになってしまったが、詩子も返して目を閉じる。

髪を撫でる手が、いつまでもなくならないことに安心して、詩子は眠りにつくことができた。

＊

政喜は一度、失恋をした。

この世のすべてを引き換えにしても手に入れたいと思う誰かが見つかるなんて、夢にも思わない出来事だった。

しかしその女性は、すでに人のものだったのだ。

奪ってしまおうか、と考えたのは一度や二度ではない。

けれど、政喜は見てしまった。

未練がましく様子を見に行った先で、婚約者だろう男の側で笑う彼女を。

あまりに可愛くて、美しくて、その衝撃に心臓が止まるかと思うほどだった。

けれど、その笑顔は政喜に向けられたものではない。

どうしてあそこにいるのが自分でないのだろう。

たいていのものが苦労なく手に入ってしまう政喜は、あまり物欲がなかった。そもそも、世間というものに関心がなかったのだ。それでも世の中は、政喜にとって不都合なく回っていると思っていた。

だが実際は、自分が思うほどはうまく回っていないようだ。

これほど、苦しいくらい感情が揺さぶられる女性に、初めて出会えたと思ったのに、それが自分のものにならないなんて。当たり前のことだが、世界は自分中心でないことを知った。

人生は残酷だ。

あのゲリラ豪雨の日、彼女を見つけなければ、政喜はもっと楽な人生を送れただろうに。それまでと変わらない、物を言わない箱にただ向かっているだけで充分だったはずだ。

けれど、出会ってしまった。

彼女の存在を知ったことで、これまでの人生が何と味気ないものだったか、悟ってしまった。

彼女は自分のものにはならないと、何度自分に言い聞かせて気持ちを切り替えようとしたかわからない。けれど一度覚えた感情は、すでに政喜のすべてを変えてしまっていた。

もう、彼女を知らないでいた世界には、戻れない。

彼女を幸せにしたい。

彼女の笑顔を見たい。

彼女を抱きしめて、その目に自分しか映らないようにしてしまいたい。

それが実現したら、きっと政喜は一生、あの日の雨に感謝して生きるだろう。

彼女と生きるために、政喜は変わることにした。

それでも、同じ国で過ごすのはあまりに辛かった。すでに恋人がいるとわかっているのに、姿を見れば襲いかかってしまいそうだったから、政喜は海を渡った。

仕事は、パソコンさえあればどこでだってできる。

最初は歳の離れた従兄がアメリカにいたので、その近くで暮らしていた。そのうちに他の従兄から仕事を任されるようになり、その気はなかったけれど、いつの間にか親の仕事にも関わるようになった。

ＩＴ系のエンジニアは常に人が足りないらしく、数字にもパソコンにも強い政喜は何かと重宝された。

最近では従兄や親だけでなく、弟にもいいように使われている気がする。

数年前までの政喜ならば、確実に断っていただろう。仕事を増やす必要もなかったし、大企業の情報管理など面倒くさいだけだ。けれど、その時の政喜には断るという選択肢はなかった。

なぜなら、自分にはできるからだ。

自分にできるなら、しなければならない。

それが、彼女の生き方だからだ。

他の誰かに何と言われようとも、政喜は自分のできることは面倒くさがらずなんでもやった。

そうすることで、彼女との繋がりを感じることができた。

こんな人生もいいのかもしれない。

数年前には、そんなことなど考えたこともなかったのに、と政喜は自分の変化を笑った。

そして、そろそろ彼女を前にしても突然襲いかかることもないだろうと思えるようになった頃、帰国した。

久しぶりに見た彼女は、変わっていた。

愕然とした。

政喜の目を釘付けにし、人生を変えたあの笑顔は、どこに行ったのだろう。

政喜が苦しくなるほど幸せになっているはずではなかったのか。

そして政喜は、彼女が婚約者に裏切られ、ひたすら仕事に打ち込んでいることを知ったのだ。渡米前、嫉妬のあまり何をするかわからないと思い、相手の男をきちんと調べなかった過去の自分を心の中で散々罵倒した。

どれほどその男をぼこぼこにしてやりたいと思ったかわからない。

しかし同じだけ、感謝もした。

彼女はつまり、誰のものでもなくなったのだから。

いや、正確には、政喜と出会った時から、政喜のものだったのだ。五年のロスが痛かったが、仕方がない。

それからの政喜の行動は早かった。

どうにかして彼女に近づきたい、と周辺を調べるうちに、彼女の勤める館下建材で不正を見つけた。おそらくそれは、政喜でなければ気づかなかったほどの、小さな横領だ。

無機質な世界は正直で、人間が隠そうとしているものを政喜には教えてくれる。

館下建材が名城コーポレーションの傘下にあることも都合よかった。

名城コーポレーションのネットワーク下にあれば、政喜はどんな子会社のパソコンにだって容易く入り込むことができる。従業員のパソコンの監視も仕事のひとつだったからだ。

そうして、彼女の勤める東支店の不正に気づいた。

これだ、と天啓にうたれた気がした。

この調査を機に、彼女に近づくのが一番自然だろう。

館下建材の社長にも話を通したし、計画は綿密に立てた。こんな時、従兄が名城コーポレーションの社長であるのは都合がいい。

そして、あとは実行するだけだ、と思っていた時、彼女が手に届くところに居た。

あの日、政喜が彼女の妹の結婚式が催されたホテルにいたのは、偶然ではない。少しでも彼女の姿が見たいと思って、足を運んだのだ。

ひとりで飲み始めた彼女を見ていると、もう我慢などできなかった。

二度と、機会を逃すわけにはいかない。

彼女を騙すことになるとか、人のよい彼女に付け込むことになるとか、そんなことはわかっていたけれど、どうにかして、彼女を自分の中に囲ってしまいたかった。

そしてその計画は、うまく進んでいる。

彼女との仲も良好だ。

もうすぐ彼女の親に挨拶に行くことができるから、外堀は確実に埋めていける。

ただ、政喜は彼女にまだ隠していることがある。

それが彼女にバレた時、彼女はどんな反応をするだろう。

その反応によっては、政喜は壊れてしまうかもしれない。

政喜は鞄の中に入れて、ずっと持ち歩いている書類を手に取った。

二枚ある紙の一枚は、契約書だ。自分の名前と彼女の名前がある。

そしてもう一枚は、同じ日に書いてもらった婚姻届だ。

夫の欄と妻の欄だけが埋まったそれを、政喜はまだ出すことができないでいた。

五章

「I社の受注！　寺嶋さんが取ったんだって！」

終業間近、そろそろ明日の段取りと今日の仕事で忘れていることはないかを考えている時間だ。

そこへ飛び込んできた話題に、フロア中が沸き立った。

「すごいね、さすが本社営業のエースだよねぇ」

「本当にな、見習いたいよ」

自分のことのように喜ぶ周囲の人たちから少し離れたところで、詩子はひとり呆気に取られて立ち尽くしていた。

本当に、取ったの？

頭の中はそんな疑問でいっぱいだった。

今朝、詩子が起きた時、ベッドにはひとりきりだった。

リビングのテーブルには、『プレゼンボード作成のため、先に行きます』と書き置きだけされていた。

昨日の今日で契約取るって、どれだけできる男なの……

同僚たちが盛り上がっていく一方で、詩子はどんどん冷静になっていた。

すごいことなのだろう。

けれどあまりにすごすぎて、それをしたのが自分の夫で、今朝まで一緒にいた男だとは思えず、ぼんやりと、とんでもない人に恋をしてしまったのでは、と後悔までし始めていた。

「村上産業のフロアー材で落としたんだって。すごいよね、あれ結構単価高いのに」

「あ、朝、村上産業担当の相川と話してたのって、そのこと?」

「しかし、それで取って来ちゃうのが……どんなプレゼンしたんだろうな?」

営業も事務も一緒になって盛り上がる中で、営業の事務担当をしている女性社員がそっと詩子に近づいてきた。

「町田さん。町田さんが、村上産業薦めたんですって? なんかすごいね、内助の功とかいうやつですか?」

「――えっ」

彼女は普段から、あまり詩子にひがみのようなものを向けない、話しやすい子だった。

内助の功とは違う気がするが、こんなふうに話しかけてもらえて嬉しい。

しかしその前に、フロアー材のことで詩子はまた驚いていた。

本当に、村上産業の使ったの……

まさかあの些細な会話が、そのまま採用されるなんて考えもしなかった。単価が割高になるあの商品を使うのに、いったいどんなプレゼンをすれば仕事を取れるのだろう。

営業の仕事はそんなに簡単じゃないと詩子も知っているだけに、政喜の手腕が恐ろしく感じられた。

「あ、町田さん、町田さんが村上産業を薦めてくれたんだって？」

そこを担当している営業の相川が嬉しそうな顔で駆け寄って来た。

「いや、私はそんな——」

「ありがとう、朝一で寺嶋さんと打ち合わせして、なんか付け焼刃っぽかったけど、それで受注取って来るとかすげえよな。村上産業さんもさ、すごく喜んでるから、ありがとうな」

そんなつもりはない、という詩子の声は相手には届かないようだ。

いい商品を作ったのはメーカーであり、その良さを営業でアピールできたから、結果に繋がったのだ。

自分がお礼を言われるようなことではない。

でも確かに、フロア中が歓喜に沸いていた。みんなが心をひとつにして喜んでいる。

ああ、やっぱり、私、この仕事してて良かった――

詩子は嬉しそうな同僚の顔を見て、改めてそう実感していた。

この中の誰かが会社を裏切っているとわかったのは、つい昨日のことだというのに。

今だけは、そんなことは忘れて一緒に喜んでいたい。

詩子がそう思っていた時、この喜びをもたらした政喜が会社に戻って来た。

フロアの入口にわっとみんなが出迎えて、口々に祝いと称賛の言葉をかけている。

「今日は祝杯ものだな、飲みに行くか！」

支店長の声に、みんな、大喜びで賛同した。

これにはもちろん政喜も参加するだろう。

私は、どうしよう――

周囲と同じように喜び勇んで参加します、と言うには立場が微妙すぎると考えている間に、政喜はにこやかな福田にしなだれかかられていた。

「おめでとうございますー寺嶋さん、お祝いしましょうね！」

「んー……ああ、うん」

政喜はそれには曖昧に答え、きょろきょろと視線をさまよわせた。

そして、詩子を見つけた瞬間、誰もが圧倒されるような笑顔になる。

「詩子さん！」

そんな笑みを向けられて、契約結婚しただけの詩子はどう反応すればいいのか。

政喜につれなくされた福田は、何人かの女性社員と一緒になって詩子を睨んでいるようだが、それ以外の人たちは、政喜と詩子を微笑ましく見守っている。

「詩子さん！　詩子さんのアドバイスのおかげで受注できましたよ！」

「そんな、私は何も――っ」

していない、と言いたかったのに、政喜は子供のように駆け寄って来て詩子を抱きしめた。

「ちょ、ちょっと、ここ会社……っ」

「嬉しいので、ちょっとだけ詩子さんを補充させて」

意味がわからない！

詩子の顔は真っ赤になっているはずだ。

詩子が戸惑っていることなんて、周囲にいる全員がわかっているだろうに、詩子を戸惑わせる本人だけがまったく気にしてくれない。

「ま、まって、落ち着いて……っ」

「うーん、もうちょっとー」

「もうちょっとじゃないっ」

とうとう、周囲からの視線は生暖かいものになり、しまいには放置されていた。

皆、思い思いにこの後の飲み会の話をしているようだ。

どうしてこんなことに……

結局、皆が店に出かけるまで、政喜の腕の中から逃れられなかった詩子は、彼へのお仕置きとして飲み会の席では政喜から離れて座ることにした。

あまりにしょんぼりとした政喜の顔を見て、少し溜飲《りゅういん》を下げたとしても、詩子は悪くないだろう。


その夜の飲み会は、盛大なものになった。

忘年会並みの社員の出席率で、居酒屋の二階にある広い座敷を貸し切りにしてもらったほどだった。

そこで注目を集めるのは、もちろん主役の政喜だ。

詩子は出入り口に近い場所に座り、盛り上がる同僚たちを遠巻きに眺めていた。

嬉しくないわけではないし、一緒に盛り上がりたくないわけでもない。

ただ、どうしても冷静な頭が昨日のことを思い出させて、いったい誰が横領なんてしているんだろう、と全員を一歩離れたところで見てしまっているのだ。

こんなに嬉しい日なのに、一緒に喜べないことが悲しい。

ウーロン茶を飲みながら、みんな明日も仕事なんだけどな、と違うことを考えて、どうにか暗い思考を切り離してみようと試みていると、すとんと隣に誰かが座った。

「ねぇ、町田さん」

驚いたことに、ついさっきまで政喜の側で飲んでいた福田だった。

「ど、どうしたの？」

あまりに素早い移動に驚いた。酔いが回っているのか、いつもより頬が赤い福田は、あまり機嫌の良くない顔で詩子を見ている。

「本当のところ、寺嶋さんとはどうなの？」

「……どう、って？」

質問の意図を計りかねて訊き返せば、福田はジロリと睨み付けてくる。

「だから、どこで知り合ったのってこと。どういうきっかけで、結婚できたの？　てか、酔っ払って押し倒したんでしょう？　罠にかけて、わざと子供作っちゃったんでしょう？」

「は……？」

詩子はあまりな質問に声を失くしていたが、福田は自分の質問を自分で否定し始めた。

「いや、町田さんでそれはないよねぇ……そんなスキルがあるようにはまったく見えないし、そんな技使えるなら課長に振られてもないだろうし」

詩子と桐山が付き合っていたのを福田が知っていたことに驚いたが、あえて訊き返さないでいた。酔っ払い相手に真剣な話をしても仕方がないとわかっているからだ。

それに、彼女が最初に言っていたことが正解に近くて驚いてもいた。正確には、詩子のほうが酔っ払って押し倒されたわけだが、彼女に詳しく話す必要もない。

詩子は自分から話題を変えてその追及から逃れることにした。

「私のことより……福田さんは？　最近どうなの？」

「そう！　もう私後がないの！　ここで結婚できないと、私本当に行き遅れるじゃん！　何で？　何で町田さんなの？　もう結婚なんて興味なかったんでしょ？　どうして寺嶋さんを私から取るのよ」

かなりの暴言だと思ったが、酔っているからこそ、何を言っているのか本人も理解していない可能性がある。大人のスキルでスルーしておくことにした。

「取ったとか、そんなことじゃないんだけど……」

「あんたがいなきゃよかったのに……」

目の据わった福田が、低い声で呟いた。

それは、いつもの甲高い彼女の声とは違い、別の誰かがのり移ったようにさえ聞こえて、詩子は一瞬、ぞくっと背中に震えが走るのを感じた。

その時、ちょうど詩子の携帯から着信音が鳴り始める。

「あ、ごめんなさい、ちょっと電話してくるわね」

逃げる口実ができたことに心からほっとして、詩子は携帯を手に、素早く宴会場を出る。一階に移動しても居酒屋は人の声が多かったので、そのまま外へ出て電話を受けた。

「――もしもし？」

『お姉ちゃん？』

よく相手を確かめていなかったせいで、その声を聞いてから母だと気づく。

詩子の家族は皆、妹が生まれたその日から、詩子のことを「お姉ちゃん」と呼んでいる。

「お母さん？　どうしたの？」

『姫子の結婚式から何の音沙汰もないから、どうしてるかと思って……この週末は姫子も旅行から帰って来るから、みんなうちに集まるみたいなんだけど、お姉ちゃんはどうするの？』

「何の音沙汰もって、姫の結婚式があったのは先週の土曜日じゃない。まだ四日前よ？」

そうだ、四日だ。

あれからたったそれだけしか経っていないのか、と自分で驚いた。

すでにひと月くらいは時間が経過しているような気持ちだったからだ。

つまり、政喜と出会って四日しか経っていない。

何と密度の濃い四日間だったのだろう。

これまでの詩子の人生の中で一番、ぎゅうっといろんなものが詰め込まれた四日間だ。

びっくりして固まっていると、母が返してくる。

『そうだけどー、ほら、姫子もお土産があるみたいだし、みんなで集まればちょうどいいじゃない』

嬉しそうな母の声に、詩子も自然と頬が緩む。

母は、家族が大好きなのだ。もちろん、そんな母が詩子は好きだ。妹たちも、母を寂しがらせないように、頻繁に実家に帰っている。

週末か、と詩子は呟いて、はた、と気づく。

そういえば、自分もすでに結婚していたのだった。

親に何の報告もしていないなんて、あまりに親不孝で、怒られても仕方がない暴挙だ。

この機会に、それを言うべきか、でも契約が終われば別れるわけだし、家族をぬか喜びさせてもいいものか。詩子はまだ結論を出せずにいた。

その時、するりと長い腕が詩子の腰に回り、広い胸に抱き寄せられた。突然のことにびくりと固まる。

「詩子さん、ご実家へは僕も一緒に行きます。皆さんが集まるのならご挨拶にちょうど良さそうですし」

「は……っえ!?　あ、ええっ!?」

携帯を当てているのとは反対の耳に直接届いたのは、間違えようもない政喜の声だ。

『お姉ちゃん？　どうしたの？　近くに誰かいるの？』

「あ、ええっと……」

今度は携帯のほうから母の声がして、詩子は混乱を極めた。

その携帯を政喜が自然な仕草で奪って、自分の耳に当てる。

「こんばんは、初めまして。私は寺嶋と申します。突然のことで恐縮ですが、週末、詩子さんとご挨拶に伺ってもよろしいでしょうか？」

「――――っ」

詩子がさらに驚いて声を失くしている間に、政喜は明るい声で電話の向こうの母と話をしている。

「――ええ、そうですね、はい。よろしくお願いします。では週末、楽しみにしています」

何を話したのかはわからないが、とりあえず、この週末、詩子は政喜と家族に会いに行くことが決まってしまったようだ。

詩子はしばらく驚きから抜け出せないままでいたが、はい、と返された携帯の通話がすでに切られていることに怒りを覚えた。

「――ちょっと！　どうして勝手に――というか、何でここに？　話を聞いてたの？　でも電話の内容なんて聞こえるはずが――」

週末の話をしていた時、確かに携帯は詩子の手にあったのだ。

いつから側に立っていたのかはわからないが、母の声が聞こえていたとは思えない。

しかし、そもそも政喜は詩子の想像を超える人間だった。

「詩子さんのことに関しては、地獄耳なので……ふふふ」

「…………」

それ、喜ぶところなの？

詩子は照れた笑みを見せる政喜に毒気を抜かれ、返す言葉を失くした。

政喜に出会ってからというもの、彼の良いように、思うままに振り回されている気がするが、今回もやっぱり、週末、家族へ報告に行くことになるようだ。

政喜との結婚の報告に。

いったいどんな話になることやら、と、詩子は深くため息を吐いた。


翌日の社内は、グロッキーな者たちばかりで、惨憺《さんたん》たるありさまだった。

それも当然だ。

平日の夜だというのに、皆思うままに飲み明かしたのだから。それでも全員遅刻もせず出社しているところが大したものだと詩子は感心していた。

主役であり、かなり飲まされていたはずの政喜は、最後まで酔った様子を見せず、しかし二次会は断って、詩子と共にホテルに戻ると、詩子を寝室へ連れ込んだ。

さすがに疲れているから、と詩子はやんわり拒んだが、『一回だけ』というよくわからないお願いを受け入れてしまい、その一回が恐ろしくねちっこく、いつの間にか意識を失うように眠ってしまっていた。

そして翌朝、目を覚ますと溌剌《はつらつ》とした政喜がいて、どれだけ体力がありあまっているのだろう、と戦慄《せんりつ》する。けれどすぐに、甘い声と愛撫に蕩かされ流されてしまう学習能力のない自分を罵った。

これが日常になってしまいそうで、詩子は少し怖かった。

あの夜からまだ数日しか経っていないのに、もうすでに政喜がいることが詩子の日常になっている。

ホテルで一緒に過ごすことに違和感がなくなってしまうなんて、自分のことながら信じられない気持ちだった。

それからも、政喜は週末までやたらと元気で、本当に東支店を引っ張ってくれるエースのような存在になっている。それに、詩子に対してあまりに甘く、好意を隠さない政喜の言動に慣れてしまったのか、詩子へのやっかみの視線もほとんどなくなっていた。

そして政喜は、表では普通に営業の仕事をこなしながら、裏では横領の犯人を捜しているようだった。

犯人が誰かなど、詩子は本当は知りたくなかった。

ただ、現実に横領が行われている以上、正さなければならない。でも、まだ戸惑いがある。

そんな詩子の気持ちをどこまで知っているのか、政喜は犯人に目星がついている様子だったが、はっきりするまではと教えてくれなかった。

早く見つかればいいと思いながらも、もう少し見つからないでほしいと願っている自分もいて複雑だった。

誰かを疑い続けるのは、詩子には辛いことだった。

けれど、犯人がわかれば政喜のここでの仕事は終わってしまう。

つまりそれは、契約が終わることでもある。

それが詩子にどんな未来をもたらすのか、詩子は怖くて考えることもできなかった。

だからこのままの時間が少しでも長く続けばいいと、詮無《せんな》いことを考えてしまうのだ。

けれどそうすると、今度は自分のことしか考えない自分自身に怒りを感じるようになる。

その罪悪感を減らすために、詩子はもっと積極的に彼を手伝うことにした。

とはいえ、詩子に何か特別なことができるかというと、そんなこともない。だから初心に戻って、決算書類を読んでみることにした。

書類を作っている時に気づかなかったことが今になってわかるとも思えないが、先日、政喜が言っていたことに注意して見れば、何か気づけるかもしれないと思ったからだ。

自分の仕事をある程度終わらせて、そっと席を立って上階の資料室へと向かう。

一番奥の部屋にカードキーで入り、決算書のファイルを手に取った。

「……うーん、どこか、おかしいところなんて、あるかな……」

考えながら、あの時の政喜と同じようにもう一度読み返してみる。

それに集中していたせいで、背後に誰かが立っていたことに詩子はまったく気づけなかった。

「――詩子」

「――――っ!?」

急にかけられた声に驚き、書類を取り落とすところだった。どうにか落とさずに済んでほっとしたところで振り返ると、そこには桐山が立っていた。

また政喜かと思った自分は何を期待していたのか。声がまったく違うのに。

すっかり彼が側にいることに慣れつつある自分を内心笑いながら、詩子は桐山がここにいる理由がわからず首を傾げる。

「……どうしたんですか、課長？」

「どうしたって、お前がここに入るのが見えたから」

見えたから、何だと言うのだろう。

そもそも呼び捨てにするのはやめてほしいと思いながら顔を顰める。

「何かご用ですか？　必要な資料がありましたか？」

「詩子、他人行儀になるなよ、俺とお前の仲で」

この男は、いったい何を言い出すのだろう。

詩子は自分の耳を疑ったが、聞こえた声は確かに現実だったようだ。

眉間に皺《しわ》を寄せて、詩子は桐山を見据える。

「――他人行儀も何も、課長と私は他人ですが。それより、私を名前で呼ぶのはやめていただけますか」

「拗《す》ねなくてもいいだろ。ここには他には誰もいないし……本音で話がしたいんだ」

「拗ねていませんし、課長と本音で話すことなんて何もなかったと思いますが」

「詩子」

だから名前で呼ぶな、と詩子が言い返そうとした時、桐山は一歩踏み込んで詩子を胸に引き寄せた。

「――詩子、俺、後悔してるんだよ……どうしてあの時って。お前を選んでいれば、こんな気持ちにはならなかったのにな……」

「…………」

強く背中を抱き寄せられたために、詩子は桐山の腕の中に収まることになってしまった。

読んでいたファイルがお互いの身体の間に挟まっているのがせめてもの救いだ。

この状況は詩子にとって喜ばしいものではないし、彼の話の続きを聞きたくもなかった。

「課長――」

「あいつ、ほんとなんにもできないんだよ。お前とは全然違う……飯はまずいし、帰っても遊びに行ってて家にいねぇし、俺の金で好き勝手して、本当いい気なもんだよな」

「課長」

「お前の作る飯、うまかったなあ……俺、ほんとあいつに騙されてたんだ」

「課長」

「俺、やっぱりお前と――」

「課長、それ以上はやめてください」

詩子は延々と自分のことを話し続ける桐山をはっきりと遮った。

こんなに低い声も出せるんだな、とどこか冷静に考えながら、詩子は強くファイルごと桐山の身体を押しのける。

「もう、私と課長はただの上司と部下です。これからも、ずっと変わりません。だから何も、言わないでください」

今更、何を言い出すのだろう、と詩子は相手の正気を疑った。

桐山とのことは、詩子の苦い思い出だが、すでに過去のことになっている。

家族から深く愛され、人の気持ちを疑うことを知らなかった詩子は、愛情は突然消えることもあるのだとわかっていなかった。

人によって、恋愛に求めるものが違うのだということも知らなかった。

詩子が桐山と真剣に付き合っていた間、彼は別の女性とも平気で関係を持っていた。桐山の気持ちは詩子だけに向けられていたものではなく、その上、簡単に切り捨てられるようなものだった。

詩子はその時、傷ついた。

人から心を傷つけられる痛みを、初めて知った。

けれど、桐山に復讐したいと思うことはなく、自暴自棄になることもなく、心の傷が自分の中で癒えるのをひたすら待った。耐えることができたのは、自分を愛してくれる家族がいたからだと思う。家族だけは、自分を裏切ることはなく、自分の愛も受け入れてくれるという安心感が、詩子の心を最後の最後で壊さずに守ってくれていた。

桐山と別れて以来、他の誰かと新しい関係を築こうという気持ちにはなれなかった。けれど、政喜と出会ってしまった。

おかしな契約に縛られている関係だけれど、詩子は数年ぶりに、心が揺れていた。

この気持ちが最後にどうなるのか、もしかしたらまた傷つくことになるかもしれない。

不安がないわけではないけれど、政喜が笑うと詩子の心は跳ねる。抱きしめられると苦しくなる。

それを自分から止める術を、詩子は持っていなかった。

桐山と違い、政喜は正直だ。

出会った時から、言わなくてもいいことまで口に出すし、子供のように素直な気持ちをぶつけてくれる。

その結果、苛立つこともあるけれど、男性を信用できなくなっていた詩子には、それはかけがえのないことだった。

きっと政喜なら、自分で選んだ誰かを、こんなふうに陰で悪く言ったりしないだろう。

課長ってこんな人だったかしら――

桐山を好きだった昔の詩子の気持ちすら傷つけられた気分だ。

心変わりは、誰でも起こりうることなのだろう。けれど桐山の言いようはあまりにひどい。過去に詩子を傷つけたように、今も彼の妻を傷つけようとしている。

詩子は桐山から一歩離れて強く睨《にら》んだ。

「今の奥さんが好きだったから結婚なさったんでしょう？　その気持ちを大事にしてください」

「お前が好きだよ」

「――は？」

「お前のこと、好きだったんだよ。俺だって騙されたんだ。結婚したのは、あいつが子供ができたとか言い出したからで――結局、それも嘘だったし、お前だって俺のこと、ずっと好きだったただろ？　だからずっと、これまで結婚しないで待っててくれたんだろ？」

「……はい？」

詩子は彼の話の内容にまったくついて行けず、眩暈がしそうになった。

桐山は怯んだ詩子の両肩を摑んだ。

「俺がはっきりしないから、あんな男と結婚なんて、自棄になったんだよな……悪かったよ、でも俺も辛かったんだ。けど、俺はいつだってお前の気持ちに応えるつもりだったし、待ってたんだぞ」

「………………」

もう黙ってほしい。

詩子はその願いを込めて、桐山を冷めた目で見つめる。

桐山は、やっぱり頭がおかしいのかもしれない。

いったいどこの世界に、浮気されて振られて自分を傷つけた男をずっと好きでいる女がいるというのだろう。

詩子はもう聞いていられないと冷ややかな声を上げた。

「――ない」

「……え？」

「ないです。一切。今後私は、課長のことを好きだなんて思うことは、一切ないです」

「……で、でも」

「でも何もないです。私がこれまで結婚しないでいたのも今結婚したのも、私の都合です」

「――――」

その言葉に桐山はようやく詩子の気持ちを理解したのか、呆然とした顔で固まった。

その隙に、詩子は桐山から離れ、まだ腕に持っていたファイルを棚に戻した。

「――では、私は戻りますので」

「……そういえばお前、ここで何をしてたんだ？」

桐山の隣をすり抜けて出て行こうとした詩子は、その声に振り返る。桐山は、決算書類が収まった棚を見ていた。

「……ちょっと確認したいところがあったので……」

「何の確認だ？　わざわざ決算書類なんて」

「去年の工事の金額が知りたかっただけです」

「……わざわざ？　お前のパソコンでも見られるだろ？」

「他の人の前で決算書類を開くのが憚《はばか》られたからですが……」

「……それも、あの男の、寺嶋の仕事か？」

「……はい、彼の資料作りの手伝いです」

「そうか」

桐山はそれ以上何も言わなかったので、詩子は頭を下げて資料室を出た。

閉まったドアを見ても、桐山が出てくる気配はない。

いったいなんだったのだろう、と詩子は首を傾げながら、下のフロアへ降りて行く。

ふと、桐山に摑まれた部分が気持ち悪く思えてきた。

「……私、潔癖《けっぺき》症だったかな」

この不快感はどうやったら消えるのだろうと考えながら、十二階のフロアに戻ったところで、政喜と鉢合《はちあ》わせした。

「詩子さん」

「――――」

ぱあっと周りが明るくなったかと錯覚するほど、彼の笑顔は眩しくて、詩子は目を瞬かせた。

どうして、こんなにキラキラして見えるの――

詩子はその時思い浮かんだ自分の考えに恥ずかしくなって、一瞬遅れて顔を逸らす。

「詩子さん？」

「う、ん、なんでもないです……」

「詩子さん、何があったの？」

「なんでもないんですってば」

政喜さんに触ってもらえたら、いいなんて――

桐山の痕跡を消す方法にそんなことを考えたなんて、絶対に政喜に知られるわけにはいかなかった。

詩子は赤くなった顔を隠したくて政喜に背を向けるが、逃げられたことが気にいらないのか政喜はぐいぐいと迫ってくる。

回り込んで顔を覗き込もうとするので、詩子もくるりと回って逃げた。

フロアの入口で、ふたりでグルグルと追いかけっこをしている光景を周囲が微笑ましく見ていることに詩子が気づいたのは、もう少し後になってからだ。

詩子は結局、彼から逃げられず、後ろから抱きしめられてしまう。

「――お昼、まだですよね、一緒に出ましょうか」

「はい……？　え、今？　これから？」

唐突な提案に目を瞬かせて時計を見れば、いつの間にかお昼になっていた。

「ええ。皆さーん！　僕たちは今からお昼に出かけて来ますね！」

「え――」

詩子はまさか、と周囲を見渡し、いちゃつくふたりを生暖かい視線で見守る同僚たちの姿に気づいて、顔が一気に赤くなった。

いったい、会社でなんてことを――！

詩子の扱いにすっかり慣れている政喜は、詩子が動揺している隙に手を取ってそのままフロアから連れ出したのだった。

政喜の向かった先は、何故かビルの外ではなく、同じビルのさらに上階だった。

他にどんな会社が入っているのかこれまでそれほど気にしたことはないが、政喜は躊躇いなく二十四階のボタンを押した。それがこのビルの最上階だということはわかるが、政喜が何をしようとしているのかはわからない。

エレベータから降りたフロアはしんと静まり返っていた。

長い廊下の左右には部屋があるようだが、誰かが働いているような気配はない。

「ここは……？」

「僕の知り合いの持ち物なので、大丈夫ですよ」

そういう問題じゃない。

食事をしに来たはずなのに、無人のフロアで何をしようというのかと、詩子は首を傾げた。

けれど政喜の意図はすぐにわかった。

いくつかある部屋の一室に入るやいなや、逞しい腕に抱きすくめられたからだ。

「――ちょ、っと⁉」

「――クソ野郎の臭いがする」

「え……っ？」

地を這うような低い声に耳を疑う。

普段、甘い声で詩子に笑いかける彼からは想像できない冷ややかなものだったからだ。

少なくとも、詩子はこれまで一度も政喜からそんな声で話しかけられたことはなかった。

政喜は何度も確かめるように、詩子の身体に鼻を寄せている。

いったい何の臭いが――

戸惑った次の瞬間、思い出して目を瞬かせた。

「――まさか、課長の？」

政喜と鉢合わせしたことですっかり忘れていたが、ついさっき、資料室で桐山に抱きつかれたのを思い出した。

政喜は詩子の声に反応し、口の端を上げながら詩子を見つめてくる。

「――どうして、詩子さんからあの下種《げす》男の臭いがするのか、教えてもらえますか？」

「え……っと、それは――」

つい口ごもってしまったが、別に疚《やま》しいところがあったからではない。

ただ、彼との過去について、咄嗟にうまく説明できなかっただけだ。それに、どうしてか詩子は、あんな人と付き合っていたことを政喜に知られたくないと思ってしまった。

けれど政喜は、そんな詩子の様子を見て、さらに不穏な表情になり、壁際に追い詰めて行く。

「……おかしいですね。つい昨日、僕の匂いでいっぱいにしたはずなのに……いったいどうしてこのたった数時間で他の男の臭いがこんなに付いているんでしょう？　これではほんの少しも詩子さんから目を離せなくなります……朝も昼も夜も、ずっと詩子さんと一緒にいなければ……」

いなければ、なんだと言うのか。

詩子は、狂気を感じるほどの政喜の迫力に怯え、どうにか彼に笑ってもらえないかと、強張った笑みを顔に張りつけた。

「あ……あの、でも、さっきのは……私のせいでは……」

課長が勝手に、抱きついてきたの。

そう小さく呟いた言葉は、言い訳のようで情けなかったが、事実でもある。

詩子は悪くないはず、と思っていたが、政喜は許してくれそうにない。彼の不穏な笑顔がそう語っていた。

「そうですね……詩子さんのせいではないんでしょう。詩子さんのせいだなんて思いません。それはわかっています。他の男が近寄らなくなるほど、僕が気をつけなければならなかったんですよね……すみません詩子さん、僕の努力が足りませんでした」

「――はい!?」

困惑したままの詩子を、政喜は素早く壁に押しつけ、制服のスカートの裾から手を差し込んだ。

「あ、ちょ……っと!?　こんなとこ、で!?」

「場所なんて、関係ないんです……詩子さんに僕以外の男の臭いがすることは、許されないんですから」

「ゆ、許すとか、許さないと、か……っあ！」

政喜は詩子の戸惑いを含んだ抵抗などものともせず、ストッキングの上から詩子の中心を弄り始める。

「や……っや、だめ……っ」

詩子の声は震え、その目には涙も浮かんでいた。

強引すぎる政喜に怯えてもいたが、それよりも政喜に触れられただけで反応してしまう自分の身体が情けなくて泣きそうだった。

「……詩子さん、泣かないで……僕の匂いをつけるだけですから」

「そ、いう、問題じゃ……っあん！」

どうにか逃げなければ、と思った詩子は政喜に背を向けるように壁に手をついたが、それはさらに無防備な姿を政喜に晒すだけだったようだ。

後ろからするりとスカートの中に手を入れられ、ストッキングを腰から下ろされてしまう。それから瞬く間に下着にも手をかけられて、大腿まで下げられた。

「だ——だめ、や、こんな……っ」

「止められるわけがない。貴女は、僕のものです。もう、僕だけのものだ」

ぬるり、と熱い塊が詩子の秘所に擦りつけられた。

「あ、待っ、あ——……っ」

慌てて身を捩るが、背後から腰を摑まれて逃げられない。彼の猛りはあまりに熱く、そして硬くなっていて、政喜が本気だということを知らしめられて、もっと涙が零れてくる。

ぬち、と詩子の中が容赦なく開かれる。

「——詩子、さん……っ」

「ん、あ……っ」

あまりにも簡単に、詩子は政喜を深くまで受け入れてしまった。

そのことに一瞬驚くが、政喜の屹立が動くだけで、もう何も考えられなくなる。

「あ、あっあっあぁっ」

強く腰を突き立てられながら、詩子は政喜の匂いに包まれていくのを感じた。

彼の匂いしかしなくなったらどうしよう――

いや、政喜の匂いを嗅いだだけでこんなにも濡れてしまう自分は、すでにどうにかなっているのだろう。

もう後戻りはできないかもしれないと気づき、また涙が零れた。

激しい突き上げは苦しいのに、こんなにも求められて嬉しいと感じてしまっている。

「――詩子さん」

「ん……っ」

その荒々しさとは裏腹に、労わるように涙を舐めとられる。詩子は心が満たされているのを感じた。

「詩子さん、もっと――もっと、感じて、僕に染まってください……っ」

「ん、あっあっも、う――！」

ぎゅうっと後ろから抱きすくめられ、技巧も何もなく想いをぶつけられるだけのような律動を、詩子は全身で受け止めた。

吐き出される熱を感じながら、詩子は本当に政喜に染まってしまっていた。

期間限定の関係であるにもかかわらず、詩子はすべてを政喜に預けてしまっているのだ。
すべてが終わった時、自分がどうなるのかはわからない。けれどひとつはっきりしていることがある。

もう、逃げられない——

六章

詩子が桐山との会話の内容を政喜に伝えることができたのは、お互いの呼吸が落ち着いてからのことだった。

頭のおかしくなった桐山が詩子に迫ってきたのだと、火照った身体を冷ましながら話すと、政喜は抱きしめる腕に力を込めた。

もう二度と触らせたくない、という意志を示しているのだと詩子にもわかった。

契約結婚なのに——

本当の妻のように、政喜が詩子を守ろうとしてくれていると思うと、胸が高鳴る。

以来、政喜はあからさまに桐山を警戒し始めた。桐山が詩子に近づこうとするのを見れば、詩子を隠すように立ち塞がるし、詩子が桐山と話をしなくて済むように、総務の他の人を動かすという呆れるような計画を実行していた。

その大人気ない様子には苦笑してしまったが、彼の気持ちが嬉しくて、頬が緩むのを止められなかった。

彼は、家でも会社でも時間があれば詩子にくっつき、どこかに触れていて、自分の匂いをつけようとしていた。それはまるでマーキングする犬のようで、あまりに恥ずかしい行動だったが、何故か周囲には温かく見られているようで、さらに羞恥が増した。

一部の女子からの視線はまだ厳しいものがあったし、特に真正面に座る福田からの視線は痛かったが、政喜があまりにも気にしないので、詩子もどうでもよくなってしまった。

彼の堂々とした戯《たわむ》れに慣らされている、と気づいた時には、すでに遅かった。

詩子は、ますます政喜の手中に収められていた。

そして迎えた土曜日、詩子は「とうとうこの日になってしまった」とカレンダーを見てため息を吐いた。

今日は、詩子の家族に政喜を紹介する日である。

「詩子さん、これでどうかな？」

「――っう」

支度ができたと見せにきた政喜は、三つ揃えのスーツ姿だった。

黒に近い紺のジャケットだが、ベストは薄いグレーだ。大きなノットで結んだネクタイは華やかな桜色に輝いている。

どこの結婚式に行くんだろう、というような格好だが、その上に乗っている顔が整っているから、モデルが撮影に向かうかのような見栄《みば》えになっている。

政喜はとても嬉しそうにしているが、こんな隙のない格好の人を親に紹介する詩子の気持ちも考えてもらいたい。

政喜が格好いいのは、もう充分理解している。仕事もできて気配りができて優しい性格であることも。つまり、マイナスになる部分が見当たらない。

こんな人間が本当に存在するんだ、と改めて驚くのと同時に、どうしてこんな人と結婚なんてしたんだろう、と詩子はつい考え込んでしまう。しかし政喜の前でいつまでも呆けてはいられない。受け身のままでいるのは楽だが、すべてを任せてしまうと想像以上の結果の中に放り込まれるのは詩子なのだ。

詩子は一週間ホテルで暮らし、それに慣れてしまった自分に気づいていた。

食事が簡単に出てくる生活になって、経済観念が崩壊しそうだと怯えているのに、「契約のうちだから、経費です」と笑う政喜のことを、そろそろどうにかしたほうがいいのではないかと思い始めてもいる。

しかし今はそんなことより、この容姿の政喜と出かけなければならない現実をどうにかしなければならなかった。

こんなにも完璧な装いの人の隣で平然としていられるほど、詩子は自分に自信はない。

「……あの、もうちょっと……普通の格好は」

「普通？　でも詩子さんのご家族に会うんだから、失礼があってはならないし……あ、礼服のほうがよかったかな？」

「どうしてそっちなの!?　そうじゃなくって、もっとラフな、気楽な格好ってことです！」

さらに着飾ろうとする政喜に、詩子はただのズボンとシャツでいいと強くお願いした。ただの顔合わせだ。

そもそも、顔を合わせる必要もないかもしれないのに、こんな状況になっていることが不思議でならない。

詩子は母に政喜の存在が知られて以来、どうにか会うのを止めさせようとしたが、すでに乗り気の両親は、心から嬉しそうにしていて、とても『契約結婚だから』とは言えずにいた。

どんな人なのかとか、どこで知り合ったのかとか、根掘り葉掘り聞き出そうとする母に、会った時に説明するから、という言葉でどうにか逃げて、今に至る。

実家に行くのに、こんなにも気が重いのは初めてかもしれない。詩子は普通のカットソーにスカートを合わせただけだが、その隣に並ぶ政喜の格好よさに、何度目かの眩暈がした。

どう着飾っても、詩子は普通の容姿なのだから、政喜のように華やかにはならない。

それならせめて、政喜に普通の格好をしてもらうしかないのだ。

「お昼ご飯を一緒に食べるだけだし、うちの家はそんなに広くもないし普通の家だから……それに妹たちも集まるはずだから、たぶん座敷に座ると思うの。そうじゃなきゃみんなで座れないし。だから、楽な格好のほうがいいと思う。あ、ネクタイもなしで」

「……わかった」

しぶしぶながらも頷いて、もう一度着替えた政喜は、薄いグリーンのシャツにグレーの上下のスーツを合わせていた。詩子の指示通りネクタイもしていない。

「こんなに適当でいいのかな」

「充分です！」

ラフな格好ですら、モデルだと言われても違和感がない。けれど、詩子はこれ以上はどうしようもないと諦めた。

車があると言うので、詩子は実家までの道案内をしながら、彼が家族へ説明する内容を確認することにした。

「それで、みんなにはどう……」

「詩子さんと結婚させてくださいとお願いします」

「えっ!?　いや、でも、契約のことは……」

「それは黙っていればいいんじゃないでしょうか。説明がややこしくなりますし」

「そう、だけど……」

妹の結婚式の後、独身であることの辛さからお酒に逃げて酔っ払い、初対面の人と条件が合って契約結婚しました、という説明は、確かに物議を醸す内容だろう。

「家族想いの詩子さんが、ご家族に心配をかけたくないという気持ちもわかっているので、すでに結婚している事実は伏せておいても問題ないのではないでしょうか」

それはそうだけど——

詩子の気持ちと、詩子が大事にしている家族の気持ちまで考えてくれる政喜は、もしかして理想の夫なのではないだろうか、と詩子は胸が熱くなる。

しかし続いた政喜の言葉に、浮かれた気持ちを冷やされた。

「そもそも詩子さんは、ご家族の期待に応えるために僕と結婚したのですよね。だから、結婚のご挨拶に行くのは、詩子さんにとっても不都合はないはずでは」

「……そう、です、ね」

政喜の言葉に間違いはない。

ないけれど、詩子は、現実を思い知らされたように感じた。

せっかく出会えた理想の夫であっても、終わりがわかっている関係だ。そんな人と結婚してしまったことに、詩子の心は痛みを覚えた。

きっと、世界中のどこを探しても、政喜以上の夫なんていないだろう。

「しっかり者のお姉ちゃん」としての期待に応えるなら、最高の夫だ。胸を張って紹介できる。

それなのに、詩子の表情は晴れないままだった。

この、誰が見ても素晴らしい夫が、いつかいなくなってしまうとわかっているから、詩子は心から喜ぶことなどできなかった。

私、本当に、最後には壊れてしまうかもしれない。

この契約が終わる時、詩子はきっと、桐山に裏切られた時以上に、辛くなるだろうと覚悟した。

どうしてこんなに好きになったのかな、と思いつつも、政喜と一緒にいて好きにならない人なんていないだろう、とも思う。

終わりの時が、もっと、ずっと先になればいいのに。

そう思いながら、詩子は車の外の流れる景色を見ていた。


詩子の実家は郊外の住宅街にある。

近くのコインパーキングに車を停めて、詩子は政喜と並んで家まで歩いた。

普通の家が似合わない人なんて初めて見たかもしれない……

他の人から注目されたくなくて家までの道のりは少し早足で歩いた。五分ほど歩き、実家へ到着する。詩子は覚悟を決めてインターフォンを押そうとしたが、その前に玄関の扉が勢いよく開かれた。

「おかえりお姉ちゃ――ん！」

元気よく出迎えたのは、一番下の妹の梨音だ。

最初に結婚したというのに、未だに落ち着きがなく、可愛い妹のままの彼女に、詩子は苦笑してしまう。

「ただいま、梨音。でもドアは静かに開けるようにね。危ないから」

「う……うん、はい、ごめんお姉ちゃん……」

いつもなら叱られても大人しくなったりはしない梨音が、目を瞬かせて急にトーンダウンした。彼女の視線が詩子の後ろにいた政喜に向けられている。彼を見てびっくりしているようだ。詩子にもその気持ちは痛いほどわかる、と思いながら苦笑しつつ声をかける。

「みんな揃っているの？　お父さんたちは？」

「あ、座敷にいる。さっき姫ちゃんたちも来たし、お姉ちゃんたちを待ってたの」

「そう。あの――」

詩子は妹に頷いてから、後ろで待たせたままの政喜を振り返り、一瞬躊躇った。

名字で呼ぶべきか、名前で呼ぶべきか。

名字はおかしい気がする。しかし滅多に名前で呼ばないから、妙に緊張してしまう。

練習でもしておくべきだった——そう思っても後の祭りだ。詩子は頬を赤く染めつつ、何とか声を絞り出した。

「——政喜、さん、どうぞ、狭いですが」

できるだけ自然に、と思って呼んだのだが、少々声がぎこちないのは丸わかりだ。詩子の葛藤などお見通しといった様子で微笑む政喜が憎らしい。

「ありがとう、詩子さん。お邪魔します」

「……笑わないで」

「無理です。可愛い。抱きしめたい」

「だめっ」

上がり框《かまち》の前で靴を脱いだ政喜が手を伸ばすから、詩子は赤い顔のままそれをはたき落とすのに必死だった。

そんなことをされたら、さらに赤くなるに決まっている。

その様子を、先に奥へと向かっていた梨音がこっそり見ていたことに詩子は後で気づき、にやにやした視線に晒されて、結局耳まで赤くなってしまった。

気を取り直して妹に続き座敷へ向かう。梨音が言うように、そこには全員が揃っていた。

八畳の畳の間は、元の六人家族でもいっぱいだったのに、今日は妹たちの夫も入っているからぎゅうぎゅうだ。

大きな座卓にローテーブルをくっつけていて、一番上座にいるのは父だ。その隣に双子の夫たちが並び、双子の片割れの紫音が座っていた。反対側には先日結婚したばかりの姫子と、その夫が仲良く並んでいる。母はちょうど料理の大皿を持ってリビングから入って来たところだった。

梨音が紫音の隣に座ったところで、全員の視線が自分たちに向かう。

「――お父さん」

「帰ったか、お姉ちゃん」

にこりと相好を崩した父は、その笑顔のまま政喜に目を向けた。

「ただいま、みんな。えっと、こちらが――」

「寺嶋政喜と申します」

詩子が緊張しつつもすぐ後ろに立っていた政喜を示すと、彼は自ら一歩前に出て、完璧な角度で頭を下げた。

「これは、どうも――詩子の父の、町田和幸《かずゆき》です。さ、どうぞ座って――」

父が姫子たちの隣を示すと、政喜はその場に正座した。

そしてすぐさま手を前につき、さらに深く頭を下げた。

「――お義父さん、お義母さん、詩子さんを、僕にください」

突然のことに、誰よりも詩子が一番驚いていた。

座敷は一気に静まり返り、全員が政喜の動きを待っているかのようだった。

けれど次に動いたのは、父だった。

「――君は、詩子のことが、好きなんだね？」

「はい。詩子さんは僕が生きる上での希望であり、道標《みちしるべ》でもあり、女神のような人です。詩子さんは素晴らしい人で、尊敬に値します。僕は一生、詩子さんをあ――」

父の言葉も恥ずかしかったが、それに平然と続く政喜に、詩子は固まっている場合ではないと身体が再起動し、咄嗟《とっさ》に政喜の口を両手で塞いだ。

「うぁおあん？」

うたこさん、とくぐもった声を上げた政喜が、不思議そうな顔をして詩子を見上げている。

彼がそんな顔をすることのほうが詩子には不思議だ。いったい家族に向かって、何を言っているのだろう。

詩子はさらに赤くなった顔で政喜を睨み付けた。

「そ、そんなことまで、言う必要はないと思うのっ」

「んー？」

そうでしょうか、とばかりに首を傾げる政喜に、もう何も言わないで、と手を押しつけ

ようとすると、逆に政喜のほうから手のひらに唇を押しつけられた。

まるでキスをするかのようだ。

「う、あっ」

慌てて手を放すと、嬉しそうに笑う政喜と視線が絡む。

「そうですね、僕の気持ちを語るには、一晩あっても足りないと思いますから」

それだと皆さんにご迷惑だろうし、と言う政喜に、詩子はそういう問題じゃないけどもうそれでいいやとうなだれた。

この何とも言えない空気をどうしてくれよう、と赤い顔で俯いていると、座敷に朗《ほが》らかな笑い声が響いた。

「はははは、面白い人だねぇ、お姉ちゃん」

「それに素敵な人じゃない、さすがお姉ちゃんね」

父と母の声に、皆、思い出したように笑顔になった。

詩子も政喜の隣に並んで座ったところで、質問攻めが始まった。

「寺嶋さん、何歳なの？」

「お仕事は何をしているの？」

「お姉ちゃんとはどこで知り合ったの？」

「どのくらい付き合っているの？」

主に母と妹たちからだが、政喜はそれに嫌な顔ひとつせず、丁寧に答えていく。

「今年三十五になりました。今は詩子さんと同じ会社で営業をしています。詩子さんとは少し前に、バーでたまたま隣になって、その時から」

政喜の返答は真実だった。

誤魔化しているわけでもなく、嘘をついているわけでもない。

詩子なら、うまく言葉が思いつかなくて、おかしなことを言ってしまい家族を不安にさせてしまったかもしれない。

さすが営業部のエースだ。

「お姉ちゃんったら、そんな人がいるなら、姫子の結婚式にお呼びすればよかったのに」

「──あ、えーと、でも、まだそこまでは……」

「まだご挨拶前でしたし、妹さんたちが主役の結婚式に僕が突然伺って驚かせるのもマナー違反と思いまして」

しどろもどろになる詩子を、隣の政喜がにこやかに繋いでくれた。

姫子はにまにましながら詩子を見ているが、約束通り、あのホテルに政喜がいたことは黙っていてくれたらしい。それには感謝するが、そのにやけた顔はやめて、と細目で睨んでおく。

「まぁ！　お祝い事はいくつ重なっても嬉しいものよ！　でも、気を遣ってくださったのね、ありがとう。いい人ねぇ、お姉ちゃん」

「──うん」

詩子にはもう頷くことしかできない。

政喜は反対側から、妹の夫たちに声をかけられている。

「詩子さんの会社っていうと、建材屋さんですか？」

「そうですが、何でもしますよ」

政喜は思い出したように、自分の名刺を渡していた。それを受け取った義弟は、驚いた顔で名刺を父に渡している。

父もそれを見て目を瞬かせた。

「──それで、今は詩子の会社で、営業をされているのでしたか？」

「はい。今は出向という形になりますね」

「──そうですか……」

何か考え込むように頷いた父に、どうかしたのだろうか、と詩子が口を開きかけた時、姫子の元気な声が響く。

「出向！　出向ってなんか、できる男って感じだね。さすがお姉ちゃんの彼氏！」

「ひ、姫子……」

「仕事できそうだよねぇ」

「ほんと、格好いいもんね」

政喜が格好いいのは、外見だけではない。

詩子はそれを知っているけれど、ここで話すことでもないだろう、と曖昧に笑った。

それよりも、家族の期待に応えられたことにほっとする。

皆は、誰を連れて来たって詩子の気持ちを尊重してくれるだろう。

たとえ桐山のような人を選んで傷つく結果になったとしても、詩子を見放したりはしない。

それはわかっているけれど、詩子を想ってくれる家族のために、彼らの中にある「しっかり者のお姉ちゃん」像を崩さないでいられたことに安堵した。

両親も、妹たちも、新しく家族になった義弟たちも、詩子にはとても優しい。

彼らの笑顔を、ずっと守っていきたいと詩子は改めて思った。

久しぶりに母の手料理を食べて、他愛ない話で盛り上がり、詩子は実家での語らいに癒やされていた。

どうしてあれほど躊躇っていたのだろう。

まったくの杞憂《きゆう》だったと、詩子は家族と、そしてずっとにこやかに応対してくれる政喜に感謝していた。

あまりに場が盛り上がったために、昼食だけの予定が、夕方まで時間を過ごしてしまった。近いうちにまた訪問すると約束をして、実家を後にする。

「楽しいご家族ですね」

「うるさかったでしょう？」

帰りの車の中で、優しい笑みを向けてくる政喜に、詩子も自然と笑顔になった。

「いえ、素晴らしいご家族です。賑やかで」

「そ、そう？　遠慮もない妹たちで、相手をするのも大変だったかと……あの、ありがとうございます」

「何がですか？」

「その……契約のこととか、言わないでくれて」

幸せそうだね、と妹から帰り際に耳打ちされたことを思い出す。

その時、詩子は改めて、家族からもちゃんと幸せそうに見えたんだな、と気づかされた。

そんな雰囲気にしてくれたのは、政喜だ。

彼は嘘こそ言っていないが、真実を告げてもいない。それなのに詩子が幸せそうに見えたのは、政喜が誠実であり、堅実な付き合いをしていると思わせてくれたからだ。

それこそが、詩子が望む「お姉ちゃん」だった。

望みを叶えてくれた政喜に、どうしたら報いることができるだろうと、詩子は必死に考えた。今、詩子ができることと言えば、政喜の仕事を手伝うことくらいだとわかっているが、もっと彼の役に立ちたかった。

「私……私にできることがあったら、何でも言ってくださいね」

同僚が横領犯かも、と物怖じしている場合ではない。

誰かが悪いことをしているなら、その人のためにもきちんと正したほうがいい。そして政喜は、そのために頑張っているのだ。政喜のためなら、詩子はどんなことでもしようと心に決めた。

「じゃあ、もっと名前を呼んでください」

「――えっ」

「僕の、名前を」

ちらりと詩子のほうを流し見しながら笑う政喜に、詩子は固まった。

そっち――!?

仕事関係のつもりで言ったのに、明後日の方向の答えが返ってきて戸惑ってしまう。

呼べないわけではない。

けれど、ただ名前を呼ぶことがどうしてこれほど恥ずかしいのか、詩子にもわからないくらいふわふわと心が揺れるのだ。

「詩子さん？」

何故政喜は、こんなに簡単に詩子の名前を呼べるのだろう。

そしてその声は、どうしてこんなに甘く響くのか。

困る……

詩子は顔に熱が集まるのを感じながら、政喜から顔を隠すように俯いて、乾いた唇を開いた。

「……ま、政喜さん」

「もっと呼んで」

「うう……政喜、さん」

「もっと」

もう無理。

詩子はそう思いながらも、嬉しそうな政喜の声につられて応えてしまっていた。

そこから慣れた足取りでホテルの部屋に戻ると、今日も綺麗に掃除がしてある。

やっぱり、この贅沢な生活に慣れたら困る……そろそろ相談しなくては。

「――詩子さん」

けれど、詩子が口を開く前に政喜の腕に抱き込まれた。

「詩子さん成分がなくなりそうです……今日も補充しなくては」

その成分とはいったい何だ、と突っ込みたくなるが、ふとあることを思い出し、慌てて遮る。今日はその流れに乗るわけにはいかなかった。

「待って、あの、今日は……」

一歩詩子が後ろに下がると、政喜の拘束は簡単に解けた。

それにほっとしながら、詩子はもう一歩後ろに下がる。今はあまり近づかれたくなかった。

後ろはすでに壁だったけれど、背中をぺたりと張りつけながら、その成分とやらは今日は補充できないことをはっきりと伝えた。

「ご、ごめんなさい今日は、私、ちょっと……あれで」

今朝、生理が始まったのだった。

当然、政喜がねだっていることはできない。

そもそもどうして自分が謝っているんだろう、と思いながらも政喜に諦めてもらうために続けた。

「今日は無理なの……」

「……そうですか」

政喜は意外にも、簡単に引き下がった。

強引にされたらどうしよう、と一瞬考えていただけに、受け入れてくれたことにほっとする。だが顔を上げた瞬間、いつの間にか距離がまた詰まっていて思わずのけぞった。

「――じゃあ、匂いだけ……」

「────っ」

匂いだけどうするの!?

安堵する間もなく、政喜は壁に張りついた詩子の顔の両側に肘《ひじ》をつき、囲い込んできた。

びっくりして息を止めた詩子に鼻先を近づけ、頭の先から首元まで本当に匂いを嗅ぐように息を吸い込んでいる政喜に、詩子は改めて不安な気持ちになった。

なんか、間違ってるのかも……私、どっか間違えた!?

そういえば、以前から何度も匂いを嗅がれている気がする。

詩子の気持ちを慮《おもんぱか》って控えてくれているのはありがたいが、だからといってどうしてこんなことになっているのだろう。

こんなにも真剣にただ匂いを嗅がれるなんて、初めてのことだ。

おかしなスイッチを押してしまったのだろうか、と不安が募《つの》る。その時、犬のように匂いを確かめていた政喜が、ぽつりと呟いた。

「……いつ、終わりますか?」

「み……っよ、四日後、かしらッ」

詩子の生理は、いつも三日で終わる。

一日延ばしたのは何となく危機本能が働いたからだった。

「じゃあ、四日間我慢します……」

詩子はその呟きに、一日延ばしてどうにかなる問題だったのだろうかと、ひっそりと途方に暮れた。

*

どうしたものか。

政喜はここまで順調に彼女との関係を深めてきた。この先に進むには、決定的な何かが足りない。

つまり、彼女がこの結婚を期限付きの契約結婚だと思い込んでいるのを、改めさせる何かだ。

政喜は悩んでいた。

最近、彼女は政喜に優しい。

いや、最初から優しかったのだ。

酔っ払ったところに付け込んだ政喜を許してくれたし、酔いが醒《さ》めても側にいてくれる。

こんなに素晴らしい人は、他にいないだろう。

強引なことをしているという自覚はある。

彼女の生真面目さや正義感を利用して、協力を強要し、契約だからと一緒に暮らさせている。

彼女がこの無理やりな状況に気づいていないはずがない。

それでも、側にいてくれる優しさに、政喜は胸が苦しくなる。

罪悪感からではない。嬉しさからだ。

政喜に向けられる視線は、恥じらいや戸惑いを見せながらも、甘く優しいものだ。

けれど、絶対に自分のものにすると決意しながら、彼女と過ごす時間が長くなるほど、彼女に嫌われることが怖くなっている。

怖い、なんて――

政喜は自分にそんな感情があったとは思っていなかった。

誰にどう思われたって構わなかったのに。

自分のやりたいことをしていれば、それで満足できていた日々が、今となっては虚構のように感じる。

彼女のいない世界には、もはや自分は存在できない。

政喜をおかしくさせる、あの優しい目を、他の男どころか他の誰にも向けてほしくない。

ただ自分だけを見ていてほしい。

彼女とふたりだけの世界を想像するだけで政喜は歓喜に震えるが、それを彼女が望んでいないのはわかっている。

彼女の世界は、彼女のものだ。

けれど時々、彼女の世界が政喜だけで埋まればいいのに、と願ってしまう。

何度も繰り返し自分の匂いを擦りつけているのに、彼女にはすぐ他の男の臭いがついてしまう。それがどれだけ政喜を不安と憤怒《ふんぬ》に陥らせるのか、彼女はきっとわかっていない。

無防備な彼女が憎らしくなって、頭が真っ白になり、先日は思わず会社でしてしまった。

けれど本能のままどんなひどいことをしても、彼女は政喜を受け入れてくれた。

だからこそ、政喜はまだ理性を保っていられる。

最初は、少しの間だけでも良いと思っていたのに。

契約なんてものを持ち出して、半ば騙す形で手に入れた。彼女の人生のほんの少しの間だけでも自分のものになってくれるのなら、それで満足できると思っていた。

そんなはず、あるわけがないのに――

政喜は隣で眠る彼女の姿を見つめながら、仄暗い感情が湧き上がってくるのを自覚していた。

手放すなんて、無理だ。

彼女の柔らかさ、甘い匂い、優しさ――そのすべてが、政喜が生きていくには必要だった。

何の警戒もしないまま、穏やかに眠る彼女の邪魔をしないように、政喜は指先だけでシーツに広がる髪を撫でた。

　このまま枷《かせ》を嵌めて閉じ込めてしまいたい。

　政喜の気持ちを知った時、彼女はどうするだろう——いや、どうするかなんてわかっている。いくら優しい彼女でも、監禁されて喜ぶはずなどない。

　その時、ベッドサイドに置いていた政喜の携帯が着信に震えだす。

　彼女を起こさないよう、すぐに取り上げた。

「——はい」

　返事をしながら、彼女から離れる。

　それでも、彼女が視界からいなくなることが怖くて、寝室とリビングの境目に立って電話を受けた。

『館下です』

　相手は館下建材の社長だった。

　何度か経過報告をしていたが、ここのところ彼女に夢中で放置ぎみだったので、じれたのかもしれない。

『その後、どうでしょうか』

「証拠は、両社の帳簿だけでも充分だろう」

　今回の横領については、すでに犯人はわかっている。

そもそも、今の政喜の仕事は、名城コーポレーションの内部監査だ。傘下の小さな会社まで、不正や不備がないかを調べている。

今の世の中、パソコンを使っていない会社など皆無に等しい。特に経理関係については、同じ会計ソフトで全社揃えるようにしている。それならば不正の証拠など、情報管理室のパソコンだけで揃えることができる。後はまとめた書類を上役に渡せば、政喜の仕事は終わりだ。

本来、政喜がわざわざ現地に向かい、調査をする必要などまったくない。

今回の件も、政喜が館下建材の東支店に入る前にほとんど終わっていたようなものだ。政喜が現地に乗り込み、周囲の目を誤魔化してまで営業として働いているのは、ただ彼女に会いたいがためだった。

それは館下の社長も承知の上だった。自分のわがままだということを伝えた上で、政喜は時間をもらっていた。

館下としては、自分が不正に気づけなかったという負い目があるから、政喜にいくらかの猶予《ゆうよ》をくれているのだろう。しかし、あまり長引かせるわけにはいかないのは、政喜にもわかっている。

彼女と再会して、一週間。

この一週間が、どれほど素晴らしいものだったか、きっと誰に言ってても理解してもらえないだろう。理解してもらいたいとも思わない。

ただ、今の安定している関係を壊さなくては、次のステップに進めない。

政喜の迷いを電話の相手も気づいているのだろう。

『……もう、彼が犯人であると伝えても大丈夫だと思いますが』

犯人は、彼女に関係のある男だった。

そのことを知った時、彼女はどんな表情をするだろう。

もしも呆れや嫌悪でなく、傷ついた顔をされたら。

政喜はそれが怖かった。傷つくのは、相手に感情が残っているからだ。心を傾けているからだ。それが政喜は、堪らなく嫌だ。

彼女が気にかけるのは、自分だけでいい。自分だけでなければだめだ。

「……そう、だろうか」

相手の提案に、政喜の心は揺れていた。

政喜が何度殺しても殺し足りないと思っている、彼女を傷つけた男だ。けれど、彼女は優しい。自分を傷つけた男であっても、きっと気持ちを揺らすだろう。その男が犯人であっても、彼女は気に病んでしまうだろう。

政喜はまだ、彼女の心を、気持ちを、すべて摑めている自信がなかった。

「悪いな……予想外に、時間がかかっている」

館下は、早く問題を解決してしまいたいだろう。

けれど彼は、政喜のために待ってくれている。政喜の想いを応援してくれているからこそだった。

そんな彼のためにも、この件は必ず終わらせなくてはならない。

『横領を見つけてくださったんですから、このくらいは……。ですが、あまりに時間がかかると……』

「——そう、だな」

会社にとっても政喜にとってもいい結果にはならないだろう。

政喜はそれから、簡単な打ち合わせを済ませ、電話を切った。

視線の先には、ずっと彼女がいた。

ベッドの上で丸まって眠る彼女がいる。

シーツの上に無造作に広がる長い髪、あどけない寝顔が政喜の心を締め付ける。

どんな姿をしていても、彼女は政喜を興奮させる。

彼女のためなら、なんでもする。なんでもできるだろう。

ただ、彼女に嫌われたら——

政喜はそれだけが、この世で一番怖かった。

政喜はベッドの横に座り込み、彼女の顔を覗き込む。

この寝顔を、ずっと見つめていたかった。

「……貴女は、僕を好きになってくれるかな……？」

政喜の声は、もしも彼女が聞いていたなら、驚くほど弱々しいものだった。

七章

詩子は、ゆったりとした日曜の朝に満足していた。

一週間前の朝とはまるで違う、あまりに悠々《ゆうゆう》とした日曜で、混乱の極みにあった先週の自分がおかしく思えるほどだった。

詩子は朝食後に紅茶を飲みながらソファで寛いでいるし、政喜はコーヒーを手にノートパソコンで何かをしている。

仕事かなと思ったが、のんびりとした手つきなので、そうではなさそうだ。

仕事の時の政喜のタイピングは驚くべき速さで、目で追い切れないほどなのだ。

そこでふと、政喜に相談したいことがあったのを思い出す。仕事をしていないなら、訊ねてもいいだろう。

「あの……ちょっといいですか？」

「何でしょう、詩子さん」

すぐに顔を上げて反応してくれる政喜に、どう言うべきかと一瞬詰まる。

「あの……この部屋のことなんだけど」

「部屋？　もしかして、お気に召しませんでしたか？　もうひとつ上のランクにするべきでしたか？　空きがあったはずだから、すぐに移れると思います」

「違う！　待って待って！　そうじゃなくって！」

ジュニアスイートでも充分すぎるほどなのに、その上のランクというのはいったいどんな世界だ。

詩子が望むのはその逆だ。

詩子は深く息を吐き、正直に話すことにした。

「この、ホテル暮らしのことなんだけど……やっぱり、私には慣れないというか、あ、嫌とかそういうのではないの。至れり尽くせりだし、掃除は勝手に終わっているし、洗濯だって朝出していたら夜には返ってきているし、ちょっとすごすぎるというか……つまり」

「つまり？」

「つまり、私には贅沢すぎるということで……この宿泊費だって、全部政喜さんが持ってくれているって思うと、必要経費だって言われても心苦しいというか、私は、ホテルで暮らす必要はやっぱりないんじゃないかな、と……」

詩子は、やはり自分だけは部屋に帰ってもいいのでは、と思っていた。

政喜は詩子の説明を聞き、きょとんとした顔で何度か瞬いてから笑った。

「そうですか、では家を探さなければなりませんね」

「――はい？」

「不動産屋に……、いや、ちょっと下調べをしてからのほうが……詩子さんは、場所はどのあたりがいいですか？　通勤に楽なほうがいいですよね？」

「え、ちょ、っと、え？」

すぐにパソコンに向き直った政喜は、詩子には見えない速さでキーボードに指を滑らせる。

「一軒家か、それともマンション？　どちらのほうが管理が楽でしょうか？　あ！　それとも……新しく建てましょうか！　そうですね、詩子さんの希望をすべて取り込まないと、満足いく家にはなりませんからね。腕のいい建築士を探して――」

「ま！　待って待って！　ちょっとストップ！」

詩子が驚いている間に、政喜の頭の中ではどんどん話が進み、予想外のところへ着地しようとしている。

どうして今の話から、家を建てる話に発展するのか。

「そうじゃない、そっちじゃなくって、この――」

詩子がもう一度言いかけた時、テーブルの上に置かれていた政喜の携帯が震えた。

画面を確認した政喜は、珍しく顔を顰める。

取るべきか一瞬迷ったようだが、詩子に「すみません」と言って電話に出た。

「――はい。……は？」

相手にぶっきらぼうな返事をしながら、政喜はリビングを出て行った。

その背中を見送りながら、詩子はどうしてこうなるのか、とため息を吐いた。

これまでも、もしかしたらそうではないかと思っていたが、とうとう認める時が来たようだ。

おそらく、政喜と詩子は、金銭感覚が違うのだ。

根っからの庶民の詩子と、ホテル暮らしに違和感のない政喜。

いったいどうしたらこんな生活が普通になるのだろう、と思ったが、もしかして政喜はお金持ちの家の人なのかもしれないという可能性に気づく。

お金持ちの家の人、という言い方がまた、我ながら残念だ。だが、もともとの経済観念がずれていると、それくらいの説明しかできない。

でもそれが真実であるなら、詩子はどんな人と結婚してしまったのか、という不安が出てくる。

ただのサラリーマンだと思っていた相手が、たいそうな家柄のお金持ちだったら、どうしよう。

詩子は考えてから、ふと気づいた。

どうするの？

政喜がお金持ちだったからといって、何がどうなるというのだろう。

一生一緒に暮らすわけでもないのに、何を心配しているのか。

どうせいつか終わる関係なのだ。

きっと、その日はそう遠くはない。

有能な政喜のことだから、横領犯だってすぐに見つけてしまうだろう。

そうであれば、この残された短い期間は、政喜と非日常を過ごしたっていいんじゃないだろうか。

いっそ日常とまったく違うほうが、あれは夢だったと思えて、後々いい思い出になるかもしれない。

「……詩子さん」

詩子があれこれ考えている間に、政喜の電話は終わったようだ。

ついさっきまで、新居のことで顔を輝かせていたはずなのに、戻って来た政喜の表情はどんよりと曇っていた。

「ど、どうしたの!?」

いったい何があったのだろう、と詩子が慌てるほどの、彼らしくない沈んだ表情だ。けれど政喜の返答に詩子もピシリと固まった。

「……両親が来ました」

「……りょうしん」

「それと弟が」

「おとうと」

一瞬の間を置いて、それが政喜の家族だと気づいた詩子は、彼よりも顔を青くした。

「え、え――!? い、今? すぐ? 今日!? ここここに!?」

「はい。ロビーにいるようです。どうも……政文がバラしたようで」

政文に会った後、詩子が想像していた通り、やはり政喜は連絡していなかったようだ。

けれどそんな予想が当たっても嬉しくない。

詩子はソファから慌てて立ち上がり、自分の格好を見下ろした。

シャツにジーンズだ。

思い切り寛ぎすぎている。彼の両親に会うどころか、この部屋にすら合っていない。

「ど、どう、どうしたら!? 私、隠れる!?」

「いや、隠れるなら僕も一緒に隠れたいですが、逃げても追いかけてくるでしょう」

「どんなご家族!?」

諦めの境地にいるような政喜の言葉を聞いて不安が募る。

「ふくが……っ服がない！　こんな格好じゃ……っす、スーツでもいいですか……っ」

会社では制服があるため、通勤もラフな格好の詩子だが、一応スーツも持ってきていた。ただそれはリクルートスーツだ。仕事にはいいかもしれないが、華やかさなどかけらもない。

「詩子さんはそのままでとても可愛いです」

「そんなお世辞はいいからっ」

詩子は大真面目に言い切った政喜の言葉を全力で否定して、自分の服を収めているクロゼットを見るが、そもそも旅行で来ているわけでもないのだから他に服があるはずもない。

せめてワンピースの一枚でも持ってきていればと後悔しても後の祭りだった。

「服なんて気にしなくてもいいですよ。親もいきなりだということくらいわかっているんですし」

「そんなこと言っても……っ」

政喜はいいかもしれないが、詩子はよくない。

だがその時、緊迫した部屋に、無情にもチャイムの音が響いた。

固まった詩子の代わりに政喜がドアを開けに行くと、明るい声がリビングまで聞こえてくる。

「迎えに来たよー。兄さん覚悟はいい？　あ、詩子さんー？　格好なんて気にせず一緒に行きましょう」

　政文の声だった。

　詩子は逃げることもできず、隠れることもできず、まるで売られる仔牛の気分だ、と思いながら連行された。

　こんな、予定では……っ。

　政喜のご両親に会うのなら、新しい服を買って美容院で髪を整えてメイクまでしてもらってから出陣したかった。

　こんな、いつも通りのメイクに簡単な格好では不本意にもほどがある。

　連れて行かれた先は、前に政文と入ったことのある、このホテルのレストランの個室だった。

　前回は部屋を借りただけだったらしいが、今回は食事が出てくるようだ。

　丸いテーブルの側には、スーツ姿の男性と着物姿の女性が立っている。

　少し年配の彼らこそが、政喜の両親に違いない。

　さすが親子、顔が似ている、などとどうでもいいことを思いながら、彼の母親の着物を見て自分の格好に気まずくなる。

「詩子さん、母は出かける時はいつも着物姿なのであれが普通です。洋服だと体型が気になるからという理由なので……っ」

詩子の顔色を気にして説明してくれていた政喜の言葉が、途中で不自然に止まる。

いつの間にか側に来ていた着物姿の母親が、政喜の脇腹に手を埋めていた。

「ふふふ、ごめんなさいね、口の悪い子で」

「い、いえっあの……っ初めまして、町田詩子と申します！」

詩子は腰を九十度に曲げてお辞儀をした。

これでは先日詩子の実家に来た政喜と一緒だ、と思ったが、何が正解かがわからない。

「まぁ、あまり硬くならないで。私たちはお詫びに伺っただけなのだから」

「え……？」

どういう意味だろう、と詩子がおそるおそる顔を上げると、詩子のラフな格好など気にする様子もない、優しい笑顔がそこにあった。

「初めまして、政喜の父の政孝《まさたか》です。妻の綾子《あやこ》と――こちらとはすでにお会いしたと思いますが、政喜の弟の政文です」

「初めまして……ッご、ご挨拶が遅れて申し訳ありません」

「そんなこと、こちらの台詞ですよ」

いくら普通の結婚じゃないとしても、やはり親への挨拶もないなど、非常識の極みのはずだ。

常識がないと詰《なじ》られても仕方のないことなのに、彼らは誰ひとりとして怒ってはいないようだった。

むしろ何故か政喜だけが不機嫌だ。

「うちの政喜が、ご迷惑をおかけしているんじゃないかと心配で……もういい歳なのに、やりたい放題で本当にごめんなさい」

「い、いえ、そんな、私は迷惑とか……」

「ようやくちゃんとした大人になったかと安心していたのに、連絡ひとつないと思っていたらまさか結婚していたなんて……しかもこんなに可愛らしいお嬢さんと！」

母の綾子は政喜だけを怒っているようだ。いい大人としては同罪だと思っている詩子はただただ戸惑ってしまう。

「あ、あの、私は……私も、本当に勝手なことをしてしまって、申し訳ないとわかってはいたのですが……ご挨拶もなく、本当にすみません」

もう一度頭を下げたところで、側にいた政喜が詩子の手を取った。

「詩子さん、詩子さんのせいじゃありませんよ……謝らせてすみません」

政喜は手を取ったまま、両親に向き直った。

「父さん、母さん、黙っていて悪かった。彼女が僕の大事な人だ」

「……そう」

はっきりと告げた政喜に、彼の両親は満足したように笑って頷いただけだった。

それで場が和んだようで、気持ちを切り替えてテーブルに全員で座り、食事になった。

ひとりだけカジュアルすぎる服装の詩子は戸惑ったが、他の客に見られるわけでもないし、政喜の家族は誰も気にしていなかったので、ゆっくりと落ち着きを取り戻す。料理の美味しさも次第にわかるようになってきた。

「けれど、いきなり結婚だなんて、詩子さんのご両親はどう思われたかしら？」

政喜だけでなく、彼の両親も、詩子の家族のことを気にしてくれる。

それが詩子も嬉しかった。

「昨日、挨拶に行った」

「あら、そうなの？　ちゃんとご挨拶できた？」

まるで小学生に確認しているような綾子の様子に、詩子は苦笑した。

結婚したことの挨拶、と言われると微妙なところだが、確かに挨拶はした。

「した。大丈夫」

「本当に？　またそんなカタコトになっていたんじゃないの？」

カタコト、と綾子に突っ込まれて、詩子は政喜の顔を思わず見てしまった。

本当に不思議なことだが、政喜は家族には無愛想で口数が少ない。

けれどそれは家族に心を許している証しにも思えて、詩子の目には微笑ましく映った。

「うちは妹たちが全員結婚していますので、昨日は彼女たちの夫も含めて大人数だったんです。ですから、相手をしてくださった政喜さんのほうが大変だったと思います」

「あ、そうね、詩子さんは四人姉妹だったのよね？　いいわね、私も娘が欲しかったのよ」

「あ、そうです……」

詩子は微笑みながらも、彼らに自分の家族構成の話をしただろうか、と一瞬訝《いぶか》しんだ。けれどすぐ、話題が次に移り、深く考える間はなかった。

政喜の家族と話して詩子がわかったことは、彼らがお金持ちであるということだ。

彼の両親の服装もそうだし、そもそも政喜が普段適当に来ている服にしても、詩子が行くようなショッピングモールでは扱っていない上等なものだ。

それに、食べる時の所作が洗練されている。

詩子だって、コース料理は食べたことがあるが、彼らは生まれた時からそんな料理に親しんでいるような慣れた雰囲気がある。詩子のように、マナーをいちいち考えながら緊張している様子はない。

世界が違うなぁ……

穏やかな会食だったが、どこかまったく違う世界に入り込んでしまったような時間だった。

デザートまで食べて、そろそろおひらきにしようかという雰囲気になった頃、詩子のポケットに入れっぱなしにしていた携帯が震えた。

「——あ、すみません」

音は消していたが振動は周囲にも伝わったようだ。視線を集めた詩子はすぐに切ろうとしたが、皆から気にせず出るようにと勧められ、申し訳なく思いながらも席を立つ。

画面を見れば、「桐山」とある。

休日にいったい何の用だろう、と詩子は顔を顰めながら個室から出て通話ボタンを押す。

「——はい、町田です」

『詩子か』

あれほど言ったのに、まだ名前を呼んでくるしつこさに眉根を寄せた。個室を出てもレストラン内では詩子の格好は目立つため、さらに出口に向かう。

「何かありましたか？」

『ちょっと聞きたいことがあったんだよ……お前、この前決算の資料見てただろ』

「ああ……はい、そうですが」

詩子はあまり思い出したくもないことを思い出し、レストランを出て足を止めた。

『あのデータは……他のヤツにも見せたのか？』

「え……？　別に……見せていませんけど」

『本当か？』

「ええ」

『……そうか、わかった』

桐山の返事はそれだけで、ぶつりと通話は切れる。

詩子は切れた携帯を見返し、いったい何なのだろう、と顔を顰めた。

だがそこでふと、政喜に見せたことを思い出した。

そういえば、私のパソコンでも見せたんだった——

けれどそれが、いったい何になるのかがわからず、詩子は首を傾げる。

閲覧許可はもらっているのだから、特におかしなことはないだろう。政喜に見せたところで、桐山が困る内容はないはずだ。

桐山の言葉が引っかかり、詩子は落ち着かなくなってきた。

これ、政喜さんに言ったほうがいいのかな……

詩子はもう一度レストランに戻りながら考え、個室の前で一度足を止める。

一瞬躊躇ったが、詩子は小さく扉を叩き、そっとドアを開けた。

「失礼し——」

「——馬鹿ものがッ!!」

詩子が声をかけたのと同時に、中から大声が響いた。

びっくりして、詩子はその手を止めて固まったほどだが、その罵声はまだ続いている。

「お前は本当に何を考えているんだ！　ちっとも成長していないじゃないか！　そもそも

政文！　お前も知っていたなら何故止めない⁉︎」

怒声の主は政喜の父、政孝であるようだ。

ついさっきまで、穏やかな笑みを浮かべるダンディな方だと思っていたのに、この短時間でいったい何があったのだろう。

詩子は気を取り直して、慌てて個室に入りドアを閉める。

「あ、あの……？」

「ああ、詩子さん、本当に、本当にごめんなさい……」

入ると同時に、綾子が駆け寄って頭を下げてくる。

息子ふたりは父親に怒られ、母親は詩子に謝ってきた。

いったいこの状況は何なのだろう、と詩子が唖然《あぜん》としていると、無愛想なままの政喜が顔を向けてきた。

「——バレました。契約のことが」

「————ッ」

詩子の顔が一瞬で青くなる。

「詩子さん、本当に申し訳ない……」

政孝にまで謝られて、詩子の身がさらに小さくなってしまう。謝られることでもないし、政喜ばかりが悪いわけではない。

「あ、謝らないでくださいっ。私、私にも事情があって、そんな、常識はずれなことをしてしまって、本当に申し訳なかったと思って……」

「いや、詩子さんは悪くないんだ。どうせ政喜のことだ。強引に詩子さんを巻き込んだんでしょう。本当に自分の息子ながら情けない……これなら引きこもりのままでいたほうが世の中のためだったかもしれん」

ひきこもり。

それを聞いたのは二度目だ。

どういうことだろうか、と気になったが、綾子がまた頭を下げてきた。

「ごめんなさいね、ちゃんとしたお嬢さんに変なことをお願いして……本当に、私たちは詩子さんには感謝しどおしだったのに、当の本人が馬鹿なことを」

「感謝って、私は感謝されるようなことは何もしていませんし、そもそもこの結婚についてだって……」

「いいえ、あなたは私たち家族全員に希望を持たせてくれたの」

「そうだ、そのお嬢さんに対し、ご両親に嘘をつかせたことが許せん」

嘘。

詩子はその一言が心に突き刺さった。

嘘はついていない。けれど、詩子は確かに、両親に対し、契約結婚のことを伝えず、誤魔化した。

政喜の両親が怒るのも無理はない。

けれど、政喜ばかりが怒られているが、それを了承したのは詩子なのだ。

あの契約書にサインしたのは他ならぬ詩子だ。

責められるなら、同罪である詩子もだ。

何故政喜の家族から感謝されているのかはわからないが、政喜だけに責任を押しつけるわけにはいかない。

「私も——同じです。私も悪かったんです」

「詩子さんのせいじゃない」

政喜まで自分を庇ってくることに、詩子はどうして自分を除け者にするのかと怒りさえ感じた。

ふたりでしたことなのだ。

いい大人であるのは詩子も同じ。罪があるのに全員から庇われて、いったい詩子は何様にされているのだろう。むしろ、政喜だけを責めて詩子を責めないのは、責める価値もないと思われているかのようだ。

「政喜さん、私がサインしたんです。私だってあまり深く考えてのことじゃありませんでした。悪いというなら、私だって悪いんです」

「詩子さん――」

神妙にしている政喜と視線が絡む。

詩子の意思を受け取ってくれたのか、その表情は少し嬉しそうだった。

そのことに詩子もほっとしたが、他の人はまだ許すつもりはないようだ。

「詩子さんが素晴らしい人なのは知っているんです。五年前にちゃんと調べてあるんですから。人のいい詩子さんを利用して平気な顔をしている政喜に、怒っているのです」

「――えっ」

政孝の言葉の意味に、詩子は一瞬遅れて気づいた。

調べた？

五年前に？

私を？

何のために？

その疑問の答えはすぐには思い浮かばなかった。

驚きに目を瞠った詩子の様子を見て、政孝も気づいたようだ。

同時に、政孝はしまったという顔をし、綾子の顔は青ざめている。

政喜だけが感情の読めない顔をしていた。

「し、調べたって……えっと、私を、ですか？　五年も前に……？」

それに何の意味があるのか、詩子にはわからなかった。

けれど、これまでのすべてのことが偶然などではなかったと直感した。

まさか——全部？　私のことを、知っているの——全員が？

心に渦巻く感情はひとつではなく、詩子は、うまく言葉にできないほど動揺していた。

どういうことなの、という問いすら発することができない。

詩子ができたのは、どうにか身体を動かすことだけだった。

つまり、くるりと全員に背を向けて、個室のドアを開けたのだ。

「——詩子さん」

「触らないで」

詩子は摑まれそうになった手を避けて、そのまま彼らに背を向けて走りだした。

後ろで何か聞こえたけれど、詩子は今、何も聞きたくなかった。


ホテルの部屋に戻ったのは、詩子の鞄がそこにあるからだった。

財布や着替えを摑んでまとめることを思いつくほどには、詩子はどこか冷静だった。

旅行用の鞄を大きく開けて、詩子はクロゼットに収めていた服を端から詰め込む。あまり多く持ってきていたわけではないからすぐに終わる。メイク道具の入ったポーチも放り込んだところで、扉のほうから名前を呼ばれた。

「詩子さん！」

誰であるかなど、見なくてもわかる。

声だけでわかるようになってしまった。

いったいこの一週間で、どれほどの時間を彼と過ごしただろう。

声どころか、彼の手の形や温度まですべて記憶してしまっている。

詩子はそんなことを思い出す自分が情けなかった。

「詩子さん、ちょっと落ち着いてください。あれは別に、そんなに意味のないことで――」

「意味がない!?」

詩子はここへきてようやく、感情が爆発したかのような怒鳴り声を上げた。

混乱した思考の中から吐き出せたものは、とりあえず怒りだけだった。

「意味がないってどういうこと!? だって調べたんでしょ!? 私のこと！ 調べたって！ どうしてそんなこと――先週、あの日、バーで会ったのも偶然じゃなかったってこと!? 私の何を知ってるの？ 私が何をしたっていうの？ 私に何をさせようっていうの！」

「調べたけど、悪い意味ではなく」

冷静な政喜の声が、さらに詩子の感情を乱す。

「悪い意味って何!? 調べることにいい意味も悪い意味もないでしょ!? 他人を調べるって、そんな、犯罪者みたいに――」

犯罪者だ。

今まさに、横領犯を調べているのと同じように、詩子は調べられたのだ。

どんな方法で調べるのかなど詩子には想像もつかないが、パソコンに強い政喜には自分で調べることだって簡単なのかもしれない。

何でこんなに、悲しいの。

詩子はそう思いながら、大きく息を吐き出す。

それは怒りを静めるためでもあった。

頭が混乱しきっている。感情が乱れて、うまく自分を御《ぎょ》せない。このままでは何を言われても、詩子は受け入れられないだろう。

どうにか冷静にならなければ。

詩子は、時間が欲しいと思った。

「契約は守るから。でも、必要な時以外、私に関わらないで」

詩子は鞄を閉めて、財布の入ったショルダーを抱えてホテルを飛び出した。

もう一度名前を呼ばれた気がするけれど、詩子は振り返らなかった。

八章

五年前と言えば、詩子が桐山と結婚するつもりだった頃だ。

仕事もやりがいがあり、プライベートも充実していると思い込んでいた頃。誰かに傷つけられるとは、考えてもいなかった頃だ。

そんな頃の詩子を、どうして調べたりしたのだろう。

詩子にはさっぱりわからないが、その頃を知っているということは、政喜は、詩子が以前桐山と付き合っていたことを知っているということだ。当然、捨てられたことだって知っているのだろう。

恥ずかしい――

初めての恋に浮かれて、遊ばれているとも知らず、最後に捨てられた過去は、詩子にとって嫌なものでしかなく、男を見る目がないと思われるのが恥ずかしかった。

政喜の母である綾子の言葉に覚えた違和感も、今は理解できた。

詩子が四人姉妹と知っていたのは、調べたからだ。

政喜だけでなく、彼の家族全員が、詩子のことを知っている。

いったい何の権利があって――

偶然を装ってバーで会ったのも、計画のうちだったのだろう。

館下建材の東支店に潜入するのに、詩子が都合がいいと思って近づいたのかもしれない。

契約書や婚姻届を用意していたのも、今思えば準備が良すぎる。

それらはすべて、政喜の仕事のためなのだ。

そのために、政喜は詩子を利用した。もしかしたら、彼の家族も今回の調査に関わっているのかもしれない。

だけど、それがなに？

これは契約結婚だ。

政喜はもともと今回の仕事に都合がいいから結婚しただけ。それは詩子も知っていた。

自分だって、家族の期待に応えたいという理由で受け入れたのだ。

けれど、純粋に仕事のためなら、会社の中だけでそれなりの夫婦を演じるだけで良かったはずだ。

ホテルという密室の中で、あんなふうに、宝物のように大事に扱われたら、気持ちが乱されるのは当たり前だ。

政喜にしてみれば、乱すつもりなどなかったのかもしれない。

ただ、女の身体がそこにあったから抱いただけだったのかも。

それにしたって、あんなに甘い時間は必要だったのだろうか？

それとも、甘いと思っていたのは詩子だけで、あれが政喜の普通なのだろうか。

だけど詩子も、わかっている。

この怒りの感情は、詩子が勝手に持ったものなのだ。

心が傷ついているのも、詩子が勝手に政喜を想ってしまったせいだ。

契約結婚だってわかっていたのに——

そこに未来はないと知っていたにもかかわらず、できるだけその時間が長く続いたらいいのに、と願ってしまったからだ。

「好きになりたかったわけじゃないのよ」

詩子は自分の声を聞いて、泣いていることに気づいた。

傷つくって、最初からわかっていたじゃない。

政喜に想いを募らせても、最後に困るのは自分だと何度もブレーキをかけたはずだ。

心に檻を作って守ったはずだった。

けれどまったく効果はなかった。

詩子は、政喜に自分から落ちていったのだから。

一晩眠ると、詩子の頭は少しすっきりしていた。

ただ、かなり泣いてしまっていたせいか、目が腫れている気がする。

冷やしてみたがあまり効果はなく、メイクで誤魔化す。いつもより濃い気がするが、仕方がない。

月曜の朝は、いつもより気だるい。

それはいつものことだった。だけどこの気だるさは、これまでと違う気がする。でも詩子は、同じものだと思い込んだ。

非日常だったホテルは出たのだ。

日常に戻ったはずだ。

詩子は冷蔵庫に残っていた野菜ジュースを飲んで、出勤した。

会社のビルの十二階のフロアに着くと、政喜が待っていた。

「――詩子さん」

いつもの笑顔はそこにはない。ただ、詩子を見て少しほっとしたような顔をしている。

自棄になって何かするとでも思っていたのだろうか。

「おはようございます」

詩子は他の人と同じように、政喜に会釈してロッカールームに向かう。

「詩子さん、昨日の――」

「――すみませんが、ちょっと急いでいるので。お話はまた後でお願いします」

詩子は政喜の言葉を遮り、早足でロッカールームに逃げ込んだ。

逃げる必要はなかったのかもしれない。

詩子は怒っているわけではない。

泣いて頭がすっきりしたのか、詩子を興奮させていた怒りはどこかに消え、ただ傷ついた心がそこに残った。

それも自業自得だと思えば、政喜に怒る理由はない。

でも、それを素直に説明するのは難しい。

どう言えばいいのかがわからず、詩子は逃げ出してしまったのだった。

ロッカールームの中で、詩子は自分の情けなさにため息を吐いて着替えていると、周囲の声が耳に入ってくる。

「――えっ横領？」

「そうらしいよー」

誰かの声に、詩子も反応して振り返った。

詩子が反応したことに、同じ事務員の女子が声をかけてくる。

「町田さん、知ってました？　この会社で横領してる人がいるっていう……」

「そ、そんなこと……いったいどこから？」

秘密裏に調べていたはずだが、どこからバレたのだろう。そして知られてしまったら、政喜はどうするのだろう。

詩子はそれで動揺していたのだが、相手は詩子が社内の犯罪に驚いたと思ったのだろう、親切に教えてくれる。

「ネットで流れているらしくって——社名は伏せてありますけど、やっぱりわかるみたいで」

「そ、そうなの……それって、もうみんな知っているのかしら？」

「うーん、たぶん営業とかはよくネットチェックしてるから、だいたいは広まっているんじゃないでしょうか」

「そうなの……ちょっと私も、上に聞いてみるわ」

詩子は素早く着替え、ロッカールームからフロアへ向かう。

月曜の朝だった。

朝礼が始まるフロアは、どうやらその噂で持ち切りのようで、いつもよりもざわついている。

詩子も落ち着かなかったが、総務課長の桐山には話しかけるタイミングがなく、そのまま いつもの朝礼になってしまう。

横領の噂について、支店長が朝礼で口にすることはなかった。それゆえに、詩子もどうなっているのかと心配になる。

ざわつきが収まらないまま仕事が始まったが、詩子の動揺はそれだけではない。

朝礼中、政喜の視線はずっと詩子にあった。全力で見ないことにしていたけれど、視線だけは強く感じていて、振り切ることに必死になっていた。

そんな態度だったおかげで、横領の噂のことよりも、詩子たちの喧嘩の噂のほうが目立ってしまった気がする。

基本、外回りの多い営業と、一日中机に向かっている事務員だ。用がない限り、そうそう一緒になる機会はない。

その用を、政喜はいつもわざわざ作って側にいたのだと、詩子もわかっている。それを詩子がすべて拒否しているのだから、最近生暖かい目で見ていた周囲が気づかないはずがない。

「詩子さん」

お昼にすれ違った時も、声を聞いただけで詩子は背中を向けてしまった。

まずい、と自分でも思っている。

もう怒ってもいないのだ。

混乱していただけで、彼が悪いなんて思ってもいない。

どんな目的で調べたのかは気になるけれど、政喜も、政喜の家族だって、何らかの理由があったに決まっている。意味もなく、知らない誰かを調べてその情報を悪用するような人たちではないと、詩子も信じている。

詩子を迎え入れてくれたあの優しさが、表面的なものでないことがわからないほど幼くはないつもりだ。

でも、まだ、素直になれない——なんて、私は子供か。

詩子はそんな自分が情けなくて、人の目からも逃げたくて給湯室へと入り、ふっと息を吐いた。

「どうしたんですか？」

詩子の後ろから給湯室へ入ってきたのは、営業の事務をしている後輩だった。

詩子を気遣ってくれているのがわかる、優しい問いかけだった。

「……うん、ちょっとね」

政喜と気まずくなっているのはもう誰もが知っているが、その理由まで話すわけにはいかない。苦笑しながら誤魔化したが、どこまで通じたのか、相手も笑った。

「まぁ、夫婦って喧嘩するものだと思いますけど……でも寺嶋さん、なんかすごく怖いですよ」

「……えっ？」

いつもにこにこ顔の政喜に、怖いという表現は似合わない。

詩子が避けているから機嫌が悪くなったのだろうか、と思ったが、相手は何かを考えるように宙を見上げる。

「仕事はちゃんとしているんですけどー……ちょっと無表情っていうか、話し方が単語調っていうか……カタコト？」

「え……」

単語しか話さない政喜。

それが家族に対してのものだったことを詩子は思い出した。

もしかして、私の前ではずっと……愛想よくしていたの？

そしてもうそんな愛想も必要ないと思わせてしまうほど、政喜を怒らせてしまったのだろうかと詩子は狼狽える。

そんな詩子に、彼女は気を紛らわせるように笑った。

「ちょっと、機嫌が悪いのかなーってみんな思ってるだけですから、大丈夫ですよ。むしろそんな時でも声をかける福田さんの根性がすごいって、みんな言ってます」

「福田さんが……」

福田は、詩子と政喜との様子がおかしいと気づいた瞬間、すぐににやにやした顔で「喧嘩したの？」と言ってきた。

そんな問いにわざわざ返事をする必要はないと無視していたが、福田の政喜へのアプローチは勢いを増しているようだ。

「あの人、仕事してるんでしょうか……」

営業の子に心配されるほど、福田はそちらへ入り浸っているらしい。

仕方のない人だ、と詩子もため息を吐く。

「福田さんはね……仕事は速いのよ。丁寧っていうわけでもないんだけれど、パソコンにはすごく強いみたいで、ソフトの使い方もよく知ってるし、言われたことはできるの。ただ……できるから、いつもギリギリまでしないのよね」

「ええー!?　そうだったんですか？　仕事できない人だと思ってた……」

「うん、そういう態度には見えるわよね。まぁ、ギリギリまでさぼっていいっていう理由にはならないと思うけど。できないわけじゃないのよ」

「うーん……そうなのかぁ……人は見かけによりませんね」

「そうね」

「私はてっきり、桐山課長との関係で見逃されているだけかと」

「——えっ、関係って、課長と？」

詩子は初めて聞く話に驚いたが、相手は知らない詩子に驚いたようだ。

「えっと……隠しているようでも、やっぱり不倫とか、そういうのって噂になりますから……私が入社した頃から、桐山課長ってあんまりよくない噂があったので」

「そ、そうなの……」

詩子はそんな情報すら知らなかった自分に驚いていた。

いったい自分はどれほど、彼女たち女性社員の話を聞かないままでいたのだろう。

結婚に興味がなくなっていたとはいえ、女性たちの噂は侮れないものがある。それをすべて自分には関係のないことと、耳を塞いでいた自分が情けない。

桐山は、別れて正解の人だったようだ。

あの頃は気づかなくてとても傷ついたけれど、そもそも桐山は詩子が傷つかなければならないような人だったのだろうか？　詩子が心を砕くのに値する人だったのだろうか？

振られた時は辛いと思っていたけれど、時間が経てば何も感情が湧いてこない。むしろ近づきたいとも思わないような人だ。

私はあの人の、何を見ていたんだろう……

自分は本当に若かったんだな、と笑った。

そして、笑えるということは、自分があの頃よりは強くなったのだとわかる。

そもそも、たいていの感傷は、時間が癒やしてくれるものだ。詩子はそれを知っている。

けれど、政喜のことはどうだろう。

別れた後で楽になる未来など、ちっとも想像できなかった。

桐山の時とは違い、政喜のつけた傷は、一生消えない気がした。

政喜と別れた後、詩子はひとりに戻ることになる。そしてその後は、きっとずっとひとりでいるだろう。政喜ほど心を動かされる人なんているはずがないのだから。

これからは、ちゃんと周囲の言葉に耳を傾けなければ、ひとり取り残されかねない。

本当に、行き遅れで見捨てられたお局様だわ――

詩子は自分に苦笑しながら、彼女にも笑みを向けた。

「ありがとう、いろいろ教えてくれて……これから、私も気をつけるわ」

「私は別に。町田さんには入社した頃お世話になったんですから」

一緒に笑ってくれる彼女も、詩子が世話をしたひとりだ。

今いる女性社員は、基本的に詩子が指導員になっている。

その輪にもう一度ちゃんと入らなければ、と詩子は決意した。

でも、一度結婚して離婚した人も、行き遅れっていうのかしら――

詩子はそんなどうでもいいことを考えながら、頭を切り替えて仕事に戻る。

政喜のことも無視したままでいいはずがない。ちゃんと話をしなければ、と思っていたが、フロアに戻ると政喜の姿はどこにもなかった。

その日、政喜は会社へは戻って来なかった。

会社に戻ってこなかった政喜に、詩子は連絡するのを躊躇っていた。

こちらが勝手に臍《へそ》を曲げて無視していたのを、一体何と言って謝ればいいか。彼のほうは、もう詩子を必要としていないかもしれない。

どうしよう、と悩みながら携帯を片手に社屋を出たところで、名前を呼ばれて顔を上げる。

「――詩子さん」

「え……っ」

顔を上げたものの、呼ばれたのは本当に自分だろうか、と戸惑った。

視線の先にあったのが、黒塗りの車だったからだ。

歩道に横付けした車の前に、政文が立っていた。品の良いスーツは三つ揃えで、立ち姿も美しく顔も良い男は、恐ろしく目立っていた。

「こちらへ」

「ど、どうしたんですか……っ」

詩子は狼狽えながら近づいたものの、本当は逃げ出してしまいたかった。できるなら、こんなに目立つ人の側にはあまり寄りたくない。

けれどニコニコと手を振りながらも政文のその目は真剣で、詩子を逃がすつもりはないようだ。

車に近づけば、後部座席を空けて促される。

「どうぞ」

これ、乗らなきゃ——だめですよね。

詩子は一度足を止めたが、強制に近いお誘いを振り切る度胸は持っていなかった。

車内は広く、前には運転手が座っている。反対側から政文が乗り込んで来たが、高級車に乗ったことと、政文に会ったことで緊張し、小さくなっていることしかできなかった。

どうして、私のところに——

詩子は先日、彼らの前から逃げ出したことを覚えている。

あんなにも愛想よく、優しく接してくれた人々に対し、あまりにも礼を欠いた行動をしてしまったのを思い出し、詩子は真っ青になって倒れそうだった。混乱していたのは確かだが、そんな言い訳が通じるとは思っていない。

怒られても、罵られても仕方がない、と覚悟を決めたが、動きだした車の中で話し始めた政文の言葉は詩子の想像とは違っていた。

「——まず、先日は申し訳ありませんでした」

「——えっ！　いえ、こちらこそ……あんな醜態をお見せしてしまい、本当にすみません……」

詩子が謝るべきなのに、先に謝罪されて慌てる。

けれど政文は、詩子をまったく責めなかった。

「あれは、本当にこちらが悪かったんです。どんな人間でも、勝手に調べられた、なんて知れば怒って当然でしょう。それはわかっているので、知らせるつもりはなかったのですが……両親も、兄に怒りすぎてどうかしていたんです。まぁ、バレなければ調べてもいい、ということでもないでしょうけど」

苦笑する政文は、笑った目元が本当に政喜に似ていた。

けれどそれが本人ではないことに、心が軋《きし》む。

「私は、別に怒っているわけではないんです……ただ、あの時はびっくりして、自分がどうしたいかとか、何を考えればいいのかとかわからなくなってしまって……とりあえず、逃げ出すことしか考えられなくて」

「両親も、今度謝罪に伺いたいと言っておりますので……また詩子さんが落ち着かれた頃に、会ってやっていただけないでしょうか」

「えっ、そんな、もういいですよ！　こちらこそ常識はずれなことをしていたんですから」

「いえ、もともとは、兄の馬鹿げた計画のせいなんですから。どんな理由があっても、相手を縛りつけるための契約結婚なんて、するべきではない――父は、その点をひどく怒っていたんです。特に、恩人でもあるあなたをそんなふうに扱うことが許せない、と」

「――恩人？」

「両親も僕も、あなたには感謝しかないんです」

政文は優しい顔で微笑んでいた。

けれど、詩子には何のことかさっぱりわからない。

いったい何をしたら、彼らに感謝されるような事態になるのだろう。自分のしたことを振り返っても、思い当たることなどひとつもなく、首を傾げる。

すると政文は目を細め、話し始めた。

「――そういう貴女だからこそ、兄が傾倒したのでしょうね。本来、兄から直接聞いてほしいところなのですが……今は兄が極限まで落ち込んでいるので。あんな兄を見るのは、弟として忍びなく、こうしておせっかいを焼いてしまいました」

「お、落ち込んで、って……」

「詩子さんに嫌われた、と、もう全力で暗くなってます」

それはそれで面白いんですが、と笑う政文が詩子にはわからない。

「今日は、今だけは兄は仕事で別のところにいるのでね、こうして詩子さんを誘えたんです。でなければ、いつでも貴女の動向を見張っているストーカーのごとき兄に阻《はば》まれてふたりで会うことなどできませんから」

「す、ストーカーなんて……」

大げさな、と詩子は思ったけれど、政文は真剣に「あれはストーカーと言っても過言ではないです」と言い切る。

顔を引きつらせていると、政文は一度咳ばらいをして続きを話し始めた。

「……兄は以前、引きこもりだったという話をしましたね。あれは誇張でもなんでもなく、本当に引きこもりだったんです。仕事は家から一歩も出なくてもできるものだったので、外に出る必要性を感じなかったようですが……正直、どうにか外に出てほしいと、我々は心配していまして。時々、無理やり用事を押しつけては外に出していました」

「は、はぁ……」

想像しようにも思い浮かべることすらできない政喜の過去に、詩子は曖昧な相槌《あいづち》しか打てなかった。

「ですが五年前、兄は外出中に、詩子さん――貴女を見かけたようです」

「――私、を？」

「ええ。兄は貴女を見て、それまでの自分ではいけない、と思ったようです。そこからの兄の変革は、家族が目を瞠るほどでした。あんなにも外へ出ることに意味を見出さなかった兄が、他人に一切の興味を示さなかった兄が、どんなことでも率先してやるようになった。誰かを助けるようになった。それが、俺たちにはどれほど――嬉しかったか、詩子さんにはわからないかもしれません」

そのきっかけをくれた人に感謝したくて両親と一緒に詩子のことを調べたのだという。

詩子の情報を悪用しようなどと一度も考えたこともなく、機会があるなら、直接お礼を言いたかったのだという。

それがあの日曜のことだったと言われれば、政喜の両親から驚くほど感謝されていた理由も納得できる。

「……でも、私、何もしていませんし、五年前に政喜さんと会ったことなんて……」

まったく記憶にはない。

政喜のような素敵な人と会っていて、覚えていないはずがないのだ。

政文はそれをおかしそうに笑った。

「それは、一方的に貴女を見ていたからです。兄はあれでいて、臆病《おくびょう》なので」

ストーカーのような行動を始めた政喜に、犯罪者にだけはならないでほしいと家族は願ったらしい。

「兄は、決して貴女に悪意があって調べていたわけではありません」

それを、わかってほしい、と政文が言ったところで、車が停まった。

外を見ると、詩子のマンションの前だった。

政文は、この話をするために詩子を車に乗せたようだ。

兄を想う彼の気持ちは詩子にもよくわかる。もしも詩子の妹が大切な人に誤解されていたら、詩子だって代わりに弁解したくなるだろう。

詩子はドアに手をかけながら、政文を振り返った。

そして、迷うことなく彼と同じだけの気持ちで見つめ返した。

「――私、政喜さんのことを、ちゃんと想ってます」

その言葉に、政文は嬉しそうに笑った。

兄を想う弟の笑みだ。

その笑みは、普段政喜が詩子に見せるものとよく似ていて、詩子の心に温かいものが広がっていた。

九章

今日こそ、政喜に声をかけよう、と出社した詩子は、朝からざわつく社内に首を傾げた。いったいどうしたんだろうと思いつつロッカールームに行って着替えていると、誰かが興奮した様子で入って来た。

「ねぇねぇ！　横領犯、わかったんだって！」

「ええっ」

中で着替えていた者は数人だったが全員が驚いてそちらを振り向いた。詩子もそのひとりだ。

「誰？　誰だったの？」

「警察に捕まったの？」

「ええっと、まだそこまでじゃないみたい……ただ、犯人がわかったから、本社の社長が話を聞きに来てるんだって」

「ええーっ」

詩子もまた、同じように驚いた。

昨日から政喜とまったく話をしていない。

証拠はうまく見つかったのだろうか。

「……支店長とかも、慌ててるみたい」

「えー、かなり大事《おおごと》だね……」

「まぁ、横領でしょ？　警察沙汰になるんだよね？　会社だって大変だよねぇ……」

「今日の仕事、どうなるんだろうねぇ」

周りが、どこか他人事のように話しているのは、その通り他人事だからだ。

詩子も政喜と関わっていなければ、会社の心配はしても、あくまで第三者の立場でしか考えなかっただろう。

政喜が昨日会社に戻ってこなかったのは、このことがあったからなのだろうか。

気になるのに、政喜に連絡すらできなかった自分が情けない。

詩子はぐじぐじしている自分が嫌になって、さっと着替えを終えてフロアに急いだ。

悩んでいたって何も始まらない。

気になるのなら動かなければわからない。

政喜を一方的に怒っていた自分が馬鹿だったのだ。

政喜に会いたい。

そして、無視をして、手伝えなくてごめんなさいと謝って、政喜との契約を全うしたい。

それから、できれば、この契約を続けることを考えてみてほしいとお願いしたかった。

そっか、この先を頼めばよかったんだ……

詩子は今になって、答えを見つけた。

契約が終われば何もなくなると思っていたが、政喜の提案した契約が終わるなら、その先の契約を詩子が提案してもいいではないか。

早く政喜に会って、気持ちを伝えたい。

気持ちは逸るばかりなのに、政喜の姿はどこにもなかった。

フロア中を見渡しても、社員がざわついているだけで、政喜の姿は見えない。

まだ来ていないのか、それとも——

本社に帰ったのかも?

政喜の仕事は、横領犯を見つけることだ。犯人がわかったのなら、いつまでもここにいる理由はないだろう。

私に何の説明もなく——

そう思ったが、このところ態度が悪かったのは詩子だ。

少し出端《でばな》を挫かれた感はあるけれど、このままで終わらせられるような気持ちではないのだ。

政喜さんに、連絡してみよう、かな――

そう思っていると、甲高い声が響いた。

「あら、町田さん、呑気にしてていいの？」

顔を上げると、福田がいつもの綺麗な顔ににやにやとした笑みを浮かべてこちらを見ていた。

詩子は何のことかわからず首を傾げながら訊く。

「何が？」

「とぼけないでよ。こんなに噂になってるのに」

「――え？」

「会社のお金、横領したの町田さんでしょ」

「――――えっ」

福田の言っている言葉の意味を、すぐには理解できなかった。

ざわりと周囲の空気が揺れる。

福田の声は高くてよく通るから、始業前のフロアによく響いたようだ。

視線がこちらに集中していることに気づく。

これまでのような、政喜との関係を生暖かく見守るようなものではなく、背中がひやりとするような、鋭い視線が多い。

背後から、ぼそぼそと声が聞こえてくる。

『町田さんなの？』

『え、本当に？』

『どうやって？』

勝手な憶測が飛び交っているのだろう。

けれど詩子は、していない。

どうして福田がいきなりそんなことを言い出したのかはわからないが、彼女の笑みは人を陥れることが楽しいと言わんばかりにいやらしく見えて、詩子は目を眇《すが》めた。

「——私じゃないわ。誰がそんなことを言ったの？」

「誤魔化さなくっても、もうわかってるのよ——ねぇ、課長」

福田に声をかけられて、いつの間にか近くまで来ていた桐山が詩子の前に現れる。

桐山は厳しい顔をしていた。

そして周囲に知らしめるように、ゆっくりと話す。

「横領の噂は実は前からあって、俺も気になってね。ちょっと調べていたんだ。そうしたら、先日から町田はこそこそと資料を探したり、怪しい動きをしていた。実際、資料室に入れるのは、俺と支店長を除けばお前だけだからな。データの改ざんだって、お前のパソコンなら簡単なはずだ。それでさっき、お前のパソコンを見せてもらったよ——そうしたら、これを見つけた」

「なにを……」

目を瞬かせて驚いていた詩子の前に突き付けたのは、受注決裁書のようだった。

それは自社で作成するものだが、メーカーとの契約が決まって資材が動く時に使われるものだ。

「お前のパソコンの中にあった資料だ。ここに書いてある材料を確かめたが、倉庫への納品は確認されていない。つまりお前は、この架空の書類を作り、資材を購入したように見せかけて、金だけを手に入れていたんだな」

「――まさか」

その決裁書に捺されている担当印は、詩子のものだった。

ただ、その印鑑は会社に用意してあるもので、誰だって――桐山にだって捺せるものだ。けれど、桐山はその書類を作ったのが詩子だと言い張り、お金を取ったのも詩子だと言い切った。朝の、全社員が集まるフロアで。

「まさかお前がこんなことをするとは――長年この会社にいるのは、横領がしやすいからか？　会社を私物化するなんて、最低な女だな」

桐山の言葉は周囲の者たちの耳に完璧に届いていた。

詩子は思わず固まってしまう。

「――わたし、は」

していない。

そう言いたかったけれど、声はかすれてうまく出なかった。

だがそもそも、言ったところで信じてもらえるのだろうか、と不安になる。

みんな桐山の言葉を信じているように見える。

詩子の身の潔白を知っているのは、詩子だけだ。

だが、やっていないことを証明するのは、やったことを証明するより数倍難しい。

『そういえば、町田さん、この会社長いよね』

『課長ポストでもないのに、全データ見れるもんな』

『え、俺の資料も見られるの？』

『あのパソコン、特別なんだって――』

勝手な言葉が、また詩子の耳に届いてくる。

そんなことしない。

考えたこともない。

これまでずっと、真面目に、ただ必死に、仕事をしてきただけなのに。

いったいどうしてこんなことになるんだろう。

全身を覆うのは、疲労感だった。

そして悲しみだった。

頑張ってきたつもりだったのに。

後輩から厳しいと言われても、お局様だの行き遅れだのと言われても頑張っていたのは、こんな最後を迎えるためじゃない。

私のやってきたことは、いったいなんだったの。

突然、詩子の肩に重たいものがのしかかってきたように感じ、一歩も動けなくなった。

「――何をやっているんだ？」

そう言って顔を覗かせてきたのは、支店長の崎下《さきした》だ。

周囲をぐるりと見回して、最後にその中心にいる詩子に視線を向ける。

見られても、詩子には今、何も言えなかった。

「崎下支店長、実は横領の犯人を――」

詩子の代わりに、桐山が口を開いた。

きっとさっきと同じことを崎下に言うのだろう。

もし彼が信じてしまったら、詩子は本当に逃げ場がなくなる。

黙っていても状況は悪くなるばかりだとわかっているけれど、力の抜けた詩子には反論する気力がなかった。

桐山の言う証拠など、詩子のパソコンにあるはずがない。

なのに、この場にいる全員がそれを信じているのだ。

悲しみにまとわりつかれて感情が麻痺したのか、詩子は自分を信じてくれない全員が馬鹿なんだと思い始めた。投げやりな気持ちになっていたのかもしれない。

けれどそこで、桐山の声を遮るように、よく通る声がフロアに響いた。

「――何の話をしているんだ？」

次に現れたのは、政喜だった。

すぐ側から聞こえた声に振り向くと、彼の視線は詩子ではなく、桐山に向けられている。

ああ……

詩子の心は沈んでいった。

この場の全員に疑われたってどうでもいいと思い始めていたけれど、政喜は別のようだ。

政喜に横領犯だなんて思われたら、きっと、この世界からいなくなってしまいたくなるだろう。

視界が潤む。

こんなことで泣きたくなんかないのに、感情が抑えられない。

しかし政喜は、嬉々として話す桐山に、呆れたように言い放った。

「何を言っているんだか。横領犯が詩子さんのはずないだろう」

「――えっ」

「で、でも、証拠が――」

　驚く周囲と、桐山の焦ったような声を受け、政喜は口元に笑みを浮かべながら、桐山を睨んだ。

「証拠、ね。そんなものお前でも簡単に作れるじゃないか」

「な、なにを――」

「決裁書なんてこの会社にいれば誰だって作れるし、詩子さんの印鑑はお前だって捺せる立場にあるだろう。そんなものが証拠になると思っているのか？　本当に頭が悪いんだな」

「な――！　何だと!?」

「詩子さんはまったく無関係だし、そんなものをでっちあげるお前のほうが怪しいんだ」

「何を、勝手なことを……っ俺は何も！」

　淡々と告げる政喜に対し、桐山は急に焦ったように後ずさった。

　明らかに狼狽えているのが詩子にもよくわかる。

　政喜は詩子を庇うように一歩前に出て、桐山と対峙した。

「まあ、怪しいというか、お前が犯人だ」

　きっぱりと言い切った政喜に桐山は目を見開き固まったが、周囲からの視線が自分に向いていることに気づき、慌てて首を振った。

「何を馬鹿な！　勝手なことを言うな！　そもそもお前のほうが怪しいだろう！　急に本社から出向だなんて――」

「僕の出向はひとまず置いといて、証拠なんてとっくに揃えてあるさ。お前が懇意にしているヨコザワ産業の営業担当もすでに自白している。詳しい証拠と言うのなら、お前が改ざんし、架空取引のために作った書類もヨコザワ産業に差し出させたし、お前のパソコンも確認済みだ。どうして会社のパソコンにそんな証拠を残したままでいるのか、僕にはまったく理解できない行為だが」

「そ――そんな、こと、いくら会社のパソコンだからって、一社員が勝手に、誰の許しを得て――」

「私が許可を出したからだが」

「――館下社長！」

本社の社長がそこにいた。

政喜の後ろに立ち桐山と対峙している光景は、詩子には不思議に思えた。

まるで桐山が犯人だとあらかじめ知っていて、それを糾弾するための構図に見えたからだ。

「まったく、勝手に騒ぎを起こすとは……こっちがせっかく穏便に済ませてやろうとしていたのに、こんなふうに目立つことになったのはお前の自業自得だからな、桐山」

「え……っちょ、ちょっと待ってください、俺は何も——そう、町田が、町田が俺を嵌めたんです!?　そこにいる寺嶋と一緒になって！　俺は何もしてませんよ！　急に東支店に来た寺嶋が一番怪しいでしょう!?」

「怪しいって……この人が？」

社長は呆れた顔で政喜を見て、政喜はそれを受けて軽く肩を竦めた。

「……この人は、うちの親会社である名城コーポレーションの情報管理室室長の寺嶋さんだ。グループ会社の監査が彼の主な仕事で、本来は営業マンではない」

「————」

声にならない驚きがフロアを満たす。

人は驚くと、咄嗟に声が出ないようだ。

一拍遅れて、蜂《はち》の巣を突いたようになったが、詩子は何も言えなかった。

社長の言った政喜の正体が嘘ではないとわかって、呆然としてしまったからだ。

いったい政喜は、何者だったのだろう。

出会った時は普通のサラリーマンだと思っていたのに、詩子の中の彼の印象はどんどん変わっていった。仕事のできる営業になって、性格も素晴らしい人だと知って、お金持ちの人だとわかって、今は、詩子には決して手の届かない人になった。

名城コーポレーションは、日本有数の大企業だ。詩子もその傘下で働いているが、親会社は雲の上の存在だと思っている。

　そこの情報管理室で働いているというのが本当なら、きっと子会社の情報を調べるなど容易いことだっただろう。

　詩子のことを調べるのなんて、朝飯前だったに違いない。

「横領のことに気づいたのは少し前だ。名城の情報管理室は、子会社のことまで把握しているからな。寺嶋さんの腕なら、簡単な仕事だと思ったんだが、こちらもいろいろと事情があってね。今日密かに、お前を呼んで話をする予定だったのだが……」

　騒ぎにしたのはお前だぞ、と社長に言われ、桐山は狼狽えて周囲を見回している。そして、そこにいる誰も自分の味方ではないと知ると、真っ青になった顔から大量の汗が流れ始めた。

「さて、これからじっくりと、話を聞かせてもらうからな」

　社長が支店長に目を向けると、支店長は力なくうなだれる桐山の腕を取って歩かせた。

　言葉通り、詳しい経緯と事情を聴くのだろう。

　フロアにいた社員はそれを呆然と見送っていたが、社長は入口で振り返り、声を張り上げた。

「さあ、いつまでもぼうっとしていないで仕事をしろ！　すでに外部によくない噂が流れているからな。それを払拭《ふっしょく》するには、全員で対処するしかない。こんなことで評判を落とされては堪らないからな、桐山のことは私に任せて、全力で信頼回復に当たるんだ」

「――はいっ」

皆、はっとしたように自分の席に戻っていく。

ばたばたと慌ただしく動き始め、詩子も早く仕事を始めなくてはと、身体をどうにか動かした時だった。

「――詩子さん」

いつの間にか政喜がこちらを見ていて、詩子はまた動けなくなった。

視界の端に、支店長に腕を掴まれ、肩を落として去っていく桐山が見える。

彼はこれからどうなるのだろう。

告訴されるのか、どんな処分になるのか――どちらにしても、もう二度と会社で会うことはないだろう。

まさか彼が犯人だったなんて、と驚きながらも、詩子はこの短時間であまりにたくさんのことが起こったせいで、頭が働いていなかった。

ただ、目の前にいる政喜に全神経が集中してしまっている。

「詩子さん、ひとりにしてしまってすみませんでした」

政喜の顔は、さっきまでの不敵なものとは違う、自信などどこかに捨ててきたような、叱られた子供のようなものになっていた。

その目は、全力で詩子に許しを乞うているようだ。

「詩子さん――」

何も言えない詩子に、政喜はゆっくりと手を伸ばした。

そしてそっと手に触れて、詩子が振り払わないのを見ると、その身体を腕の中に掻き抱く。

「詩子さん、詩子さん……詩子さん成分が全然足りないんです」

だからそれは、いったいどんな成分なのか。

詩子は未だにそれがなんなのかわからないが、政喜の腕に抱かれていると、そんなことはどうでもよくなってくる。

政喜の温もりに包まれて、身体の緊張が解けていく。

詩子はそっと彼の背中に手を回した。

政喜はびくりと一瞬震えたが、すぐさま顔だけ振り返って社長を見た。

「館下社長、詩子さんは引き取って行くけど、構わないな？」

「――ああ、はい。彼女を巻き込んでしまって申し訳ありませんでした。あとの処理は、私のほうで」

「よし、じゃあ詩子さん、帰りましょう」

帰るって、どこに。

だって会社に来たばかりのはずなのに。

詩子はあまりの急展開に頭が追い付かず、政喜に手を引かれるままになっていたが、仕事を始めた周囲の視線が、生暖かいものになっていることには気がついた。

何故だかそれがすごく恥ずかしくて、詩子は顔を真っ赤にして逃げるように政喜について行くことしかできなかった。

十章

　戻ってきたのは、政喜の宿泊しているホテルだった。

　ここに来る間に頭もどうにか働き始めていたので、今にも詩子の成分を補充しようとする政喜の動きを止めて訊ねた。

「どういうこと、だったの？」

　おおよそは、さっきの社長の話で詩子も理解している。

　政喜は館下建材の人間ではなく、名城コーポレーションの人間なのだ。どうりで名城系列のこのホテルにコネで泊まれるはずだ。

　彼の本当の仕事が横領犯捜しだとはわかっていたが、そもそも本当に女避《よ》けとして詩子と結婚する必要があったのだろうか、と今更ながら疑問が湧き上がる。

　そして契約結婚の目的は、さっき解決した事件のことで果たされたはずだ。

　けれど今、ふたりはソファに並んで座っているし、政喜の手は詩子の腰をしっかりと抱き、引き寄せている。

もう夫婦である必要もないし、触れる必要だってない。だが政喜の腕の力には、いつにも増して、もう一瞬たりとも詩子を離さないという強い意志が感じられた。

政喜は詩子に頬ずりをするように顔を寄せ、匂いを確かめるように首筋に鼻を埋めてから、満足そうに息を吐いた。

「……詩子さんの匂い、忘れるところでした」

「それは覚えてなくてもいいところのはず！」

「……ふふふ、詩子さんの赤い顔、可愛い」

「誰のせいで赤くなってると!?」

以前とまったく変わっていない変態的な政喜の様子に、詩子は冷静でいられなくなって身体を引き離そうとする。けれど政喜の腕は離れなかった。

「――最初は、少しだけでもいいと思ったんです」

「え？」

「少しだけでも詩子さんと一緒にいられるなら、そのためなら、僕はなんだってしようと思ったし、実際なんだってしてした」

淡々と語りだした政喜の言葉を、詩子は真面目に聞いた。

脈絡なく始まった感情の吐露だが、これが政喜の真実なのだとしたら、それを聞かないことには詩子も動けないままだからだ。

「あの日、バーで会ったのは、僕がこっそり後をつけていたからです。つい話しかけてしまって、酔っ払っている詩子さんが可愛くて、ろくでもない計画を思いついて、詩子さんを巻き込んでしまった。強引だった自覚はあるけど、後悔はない――だってそうでもしないと、詩子さんに触る権利なんて、僕には一生巡ってこなかった」

政喜の声音はいつもよりずっと静かだったけれど、詩子の心に響いていた。

「馬鹿なことをしているとわかっていたけど、自分勝手だってわかっていたけど、詩子さんの側にいられるチャンスだと思うと、もう止められなかった。騙しているとわかっていたし、詩子さんに嘘を吐かせるのも嫌だったけど、少しでも長く、詩子さんの側にいたかったんです」

まるで懺悔《ざんげ》のようにも聞こえる、と思った後で詩子は気づいた。

政喜は今、詩子にすべてを打ち明けて謝っているのだ。

「私の……側に？」

「……うん、どうしても、詩子さんの側に行きたかったんです」

政喜の声は、諦めに似たものを含んで聞こえた。

「……僕が最初に詩子さんを見たのは、五年前――そう、それから、詩子さんのことを調べ始めました」

そういうの、得意だったから、と政喜は微笑んでみせるが、詩子には泣いているようにも見えた。

「僕はそれまで、他人のことなんてどうでもいいと思っていました。人の気持ちを考えることなんて面倒だったし、人と付き合うこと自体が面倒だった。子供の頃から恵まれた環境にいたのはわかっていましたが、何をしても簡単にできてしまい、どんなこともつまらなく思えて、周囲に関心を向けられなくなっていました。SEの仕事をしていたから、めったに家から出ることもなく、家族とすらほとんど会話せず、ただ無機質な世界で暮らしていました」

引きこもり、と政喜の家族が言っていたことを思い出す。

今の政喜からはまったく想像できないが、確かにその状態では引きこもりと言われてもおかしくないだろう。

「詩子さんはあの時、土砂降りの中でみんなが雨宿りをしているのに、そこから飛び出して、困っている人を助けていた。それが、他の人に偽善だって言われても、自分が後悔したくないからと言って、自分のためにしたことだって胸を張って言っていた」

詩子は自分の記憶を探り、そんなことがあっただろうか、と首を傾げながら考え込む。

けれど政喜は、まさに目の前にその時の情景が見えているかのように顔を輝かせていた。

「それを見て僕は、自分がどれだけ小さい人間だったか、ひとりで生きているつもりでどれだけ周りに気を遣わせていたのか——つまり、自分が馬鹿だったたってことに気づきました。つまらないなんて、関心がないなんて、どれほど自分が周りを見下していたのか。そんな愚かな僕を、視野の狭かった僕の世界を、詩子さんは広げてくれたんです」

それから政喜は詩子のために生活を改めたという。

性格も変えて、詩子のために、詩子ならこの時はこうするだろう、という行動原理で動いたという。

そんなことを聞かされて、詩子は居たたまれなくなって身体を小さくした。

とてもじゃないが、詩子はそんなふうに尊敬されるような人間ではないと、自分が知っているからだ。

これが昨日政文の言っていた、家族が詩子に感謝している理由なのだろう。

美化されまくっている、と恐縮していたが、政喜は嬉しそうに笑って詩子の額に唇を押し当てた。

「……詩子さんに相応しい男になりたいと思って頑張っていたけど、詩子さんを勝手に調べたばちが当たったのか、詩子さんは他の男と付き合っているのがわかって……」

それは、詩子もわかっている。

その後で、詩子は桐山に裏切られ、振られたのだ。

当時は横領までするような男だとは思わなかったが。

「その時、僕が詩子さんに会いに行ってしまえば、そいつから詩子さんを力ずくで奪い取ってしまいそうだったから……そんなことをして、詩子さんに嫌われたら僕は生きていけない。だから日本を出ることにしました」

「――えっ」

「ずっと海外を転々としていて、少し前に帰国したばかりなんです。だから詩子さんが結婚していないって知ったのもその時で、そのことに浮かれて、つい馬鹿な計画を立てました。それが今回の契約結婚です。詩子さんを誰かに取られる前に、自分のものにしておきたかったんです」

「そんな――」

詩子は驚きながら、少し呆れてもいた。

しかし状況を頭の中で整理して、違和感に気づく。

「……あれ、でも、政喜さんの噂が……少し前からあって、本社の営業のエースが出向してくるって……それにみんな、政喜さんの詳しい経歴まで知ってたくらいで」

それまでずっと海外にいて、館下建材本社勤務でもないのに、何故そんな噂が流れたのか。それに対して、政喜の答えは簡単だった。

「それ、僕がわざと流したんです。ちょっと格好いい、できる男が来るぞって、詩子さんに知っておいてもらいたくて」

「――は？」

「実際に会う前に、良い印象を持ってもらえたらいいな、と思って……情報操作も仕事のうちですが、結構簡単なんですよ」

それを聞いて、詩子は呆れるしかない。

情報を扱う仕事をしているからか、政喜は簡単に言うが、詩子からすれば思いもよらないことばかりだ。

「とりあえず、僕は詩子さんに会いたくて、会ったら触りたくて、触ったら我慢なんてできなくて――もう一緒にいることしか、考えられなくなりました。実は割と早いうちに、桐山が怪しいとはわかっていたけど、もう少し、詩子さんと一緒にいたいと思って、泳がせていたんです」

「――そうなの!?」

「うん。でも、いつまでもそんなことは許されないともわかっていて――結局、日曜日、詩子さんに嫌われてから、これ以上嫌われたくなくて……せめて、詩子さんに迷惑がかからないように、桐山をすぐに捕まえようと館下社長に連絡したんです」

桐山がしていたデータ改ざんなど、政喜には簡単にわかってしまうものだったという。

しかしそんな改ざんだって、詩子はまったく気づかなかったのだ。

それを簡単に見抜いてしまう政喜は、いったいどんなレベルにいるのだろう。

考えても仕方のないことなので頭から振り払うが、政喜が詩子を傷つけるつもりなどどなかったことは理解した。

いや、それよりも、かなり強い執着を持たれていることがわかった。

つまり、彼もずっと詩子を望んでいたということだ。詩子と同じように。

「私――」

それが、詩子をどんなに喜ばせるか、きっと政喜はわかっていない。

「私、契約結婚だから……きっと政喜さんは、今回の仕事が終わったらいなくなってしまうものだと思っていたの」

「――あの契約書があったのに？」

「でも、あれは仕事のことでしょ？」

それが辛かった、と言う詩子に、政喜は首を傾げた。

「いえ、あれは詩子さんの愛を摑むためのものですよ」

「――えっ」

意味がわからず、今度は詩子が首を傾げる。すると政喜はジャケットのポケットから、二枚の紙を取り出した。

一枚は契約書だ。

そこには確かに、詩子がサインした内容が書かれてある。

「ほら、ここに書いてあるでしょう――僕の利益というのは、詩子さんと一緒にいられること。本当の夫婦のように愛し合うというのは、言葉通りです。触れたら我慢できなくなるから、書いておかなくてはと思って。他の誰かを見ないように浮気防止のための注意事項も入れて、契約を全うするというのは――互いの人生が終わるまで、契約を続けたいと思っていたから」

「――」


あっさり言われた内容に、詩子はぽかんと口を開けたまま固まってしまった。

あの契約は、すべて政喜が仕事をしやすくするためのものだと思っていた。彼の利益は彼の調査がうまく運ぶことで、本当の夫婦のように過ごしたりそれを見せつけたりするのは、周囲の目を欺くために必要だからだと、詩子は今の今まで信じていた。

これは、政喜による、詩子を縛る契約書だ。

まるで結婚の誓約書のようだった。

じわじわと、詩子の心に温もりが溜まって熱くなる。心が嬉しさで満たされて、爆発しそうになっていく。

どうしよう――どうしよう。

詩子は叫んでしまいたい、と初めて思った。

こんなに嬉しいことがあるなんて、想像もしていなかった。

しかし政喜は、二枚目の紙を触りながら、表情を曇らせる。

「ただ——もうひとつ、本当に謝らないといけないことが……」

「え……っなに？」

あまりにしょんぼりとした政喜に、いったい何を言われるのだろうと、浮き立った心が一気に緊張する。

政喜は契約書の下の紙を、そっと詩子に見せた。

「——これ」

それは、婚姻届だった。

あの日、初めて会った時、契約書と一緒に詩子が書いたものだ。

確かに詩子の字で署名されており、隣に政喜の名前がある。

これがここにあるということは——

「……すみません、出せませんでした。酔いが醒めた時、詩子さんに本当の結婚なんて嫌だと言われたら……仕方ないけど、そんなこと、できそうにないけど、いつかは詩子さんを解放しなくては、と思って」

「そんな」

「それに、結婚するなら、皆に祝福されたいと思ったんです。詩子さんの家族にも、僕の家族にも——こっそりなんて、詩子さんの家族に悪いし、なにより詩子さんが悲しむかもしれない、と思って……だから、詩子さんのご家族に会いに行った時、僕が結婚の報告じゃなくて、僕にくださいと言ったのはそういう理由もあって——うちの親に会った時、僕が怒られていたのは、まだ結婚していないのに、詩子さんには結婚したと思わせているのがばれたせいです」

「……えっ」

「僕が詩子さんを騙して、茶番に付き合わせてると思われたんです……」

詩子さんを傷つけるつもりは本当になかったんです、と肩を落とす政喜に、詩子が何を言えるだろう。

「——本当に」

どうしてくれようこの高鳴る胸を、と詩子が目を細めたのを、政喜は俯いてしまっていて見ていない。

それなら、詩子が気づかせてあげるしかない。

詩子は政喜の身体を、全力で抱きしめた。

「——詩子、さん？」

「ありがとう、政喜さん……私を見つけてくれて。私と、契約してくれて——ありがとう」

こんなに素晴らしい人は、やっぱりどこを探しても他にいるはずがない。

詩子は自分から抱きついたことで、驚いて固まってしまった政喜が珍しくて笑ってしまった。

「――政喜さん、私も、政喜さん成分が足りないみたい」

「――――っ」

抱き返してくれた政喜の腕は、詩子のすべてを奪う力強いものだった。

＊

『政喜さん成分が足りないみたい』

そんなことを言われて、政喜がじっとしていられるはずがない。

そもそも、ここまで我慢していられた自分を褒めてやりたかった。

二日も彼女に触れていない。

彼女のことしか考えられない。

彼女のためだけに生きている。

彼女がいるから頑張れる。

政喜の原動力は詩子なのだ。

詩子に会えなかったこの二日間、政喜は何も手につかなかった。

仕事にしても、目の前の書類をさばくことも面倒で、右から左に流していただけだ。

話しかけられても、相手をすることが億劫で適当な返事しかしなかった。

東支店の営業メンバーは政喜の豹変に驚いていたようだが、そもそも政喜の態度はそれが普通だ。

人の温もりなど望むべくもない、無機質なものを相手にしているのが似合いの、ただの引きこもりなのだから。

詩子のおかげで人付き合いをし始め、外に出るようになった政喜を家族が喜んでくれていたのは知っている。

政喜自身に不都合はなくても、やはり不健康な生活は家族として心配だったのだろう。多少の鬱陶《うっとう》しさはあっても、今ではありがたいと思っている。

そう思えるようになったのも、彼女のおかげだ。なぜなら、彼女が家族を大事にしているからだ。

彼女と同じ生き方を、政喜が望んでいるからだ。

そんなふうに、政喜のすべてが彼女の色に染まっているというのに、一度手に入れた後で、手放すなんてできるはずがなかったのだ。

最初は、少しだけでいいと思っていた。

本当の結婚でなくても、彼女と過ごした時間があれば、この先もそれで満足できると。

彼女の幸せのためなら、身を引くことだってできる。その後は、抜け殻《がら》のようになってしまっても、彼女の思い出だけを抱いて引きこもればいいと。

なのに、実際はどうだろう。

彼女に見てもらえないだけで、触れられないだけでおかしくなりそうだった。

じっとしてなんていられない。

諦めるなんて無理だ。

身を引くことなんて、考えることもできない。

政喜はこの先ずっと、彼女に付きまとうようになるだろう。

そして彼女にもう一度触れた瞬間、誰もいない場所に引き込んで、閉じ込めてしまうだろう。

政喜以外には誰もいない、彼女の匂いだけに包まれた部屋で、他の誰も彼女を見ない密室で。彼女が政喜だけを見る空間で。

その妄想が妄想で収まりきらなくなりそうなほど、政喜は彼女を欲していた。

これ以上、離れていることなどできないと思った政喜は、動き始めると早かった。

すぐに周囲に指示を出し、館下建材の総務課長と繋がっているヨコザワ産業の営業を捕まえた。そこで揃えた証拠を突き付けて、自白を取ってから本命の桐山に向かう。

館下社長は大事《おおごと》にしたくないと言っていたが、政喜はそうするつもりはなかった。彼女を傷つけた男は、社会からも抹殺されればいい。

今日の出来事は、茶番でしかなかった。

彼女の眦《まなじり》に涙が滲んでいるのを見つけた瞬間、政喜は何もかも放り出してしまいたかった。

すぐにでも、彼女を抱きしめたかった。

大丈夫だ、と守ってあげたかった。

ああ、僕のものにしたい――

昏い感情に襲われたが、理性が必死に政喜を抑えた。

無理やりなんて悲しすぎる。本当は、彼女に認められたかった。

すべてが終わってから言い訳のような説明を彼女にしたのも、どうにか政喜を許してほしかったからだ。

彼女の感情なんて気にせず、囲い込んでしまえば簡単だったのかもしれないが、政喜は泣いて怒って、笑う彼女が欲しかったのだから。

そして政喜は、自分の選択が間違っていなかったと知る。

今、自分の下で乱れる彼女の姿を思うまま見られる至福の時間が続いているのだから。

「ん……っあ、あっ」

彼女はすでに全身が敏感になっているようだった。政喜の手から逃れようと必死に身を捩る。

しかし政喜が逃すはずがない。

「詩子さん、気持ちいいですか？」

「あ……っも、やぁだ……っ」

これまでは、彼女を前にすると我慢が利かなくて彼女を満足させられないまま終わっていたように思う。けれど、彼女の気持ちが自分にあると知った今では、少し余裕が生まれていた。だから今日こそは、詩子のすべてを知り、慈しみたいと、時間をかけて愛撫していた。

胸だけを延々と触っていると、彼女が足をすり合わせ始めた。もっと感じてほしくて、さらにそこだけを執拗に責める。

肩から腕、指先まで彼女の味を覚えるようにすべてを舐めて、逃げ出そうと背中を向けられたのでそこも舐めた。

「ん、ん……っもう、だめ、も、や――……っ」

彼女はそこまでの行為だけで、もう二度も達してしまっているのだ。

だめと言いながら、目は涙で潤んでいる。もっと大きなものを欲しているのがわかるから、政喜の手は止まらない。

「は、はや、く、もう……っ」

「もう？　僕はまだ、詩子さんを知りたいから、我慢できますよ……」

本当は政喜だって限界にきているのだが、自分の愛撫で乱れる彼女を見ていると、ここで終わらせてしまうのがもったいなくて、このただ責める行為を止められない。

「が……っがまん、しないで……っ」

「――――」

彼女は、政喜の煽り方をよく知っているようだ。

汗で濡れた肌をなぞり、彼女の脚に触れる。

柔らかな内腿を割って、ゆっくりと下生えに隠された場所に手を這わす。

「んあぁっ」

充分に濡れたそこに指で触れただけで、ぴくりと彼女の腰が跳ねた。

でも、こんなものではない。

もっと狂った姿が見たい。

政喜は彼女の蜜液をたっぷりと指に絡め、政喜を妖しく誘う襞の奥に潜り込ませる。

「あ、ん、あ、あっ」

ぐちゅり、と淫猥な音がする。政喜は堪らなくなって、柔らかな太ももの間に顔を埋めた。

「や――っやだっだめ、だめ……っ」

驚いた彼女が慌てたように手を伸ばしてくるが、まったく力の入っていない抵抗など子猫のパンチより弱い。

むしろそのしなやかな手で触れてもらえることが嬉しくて、政喜は躊躇わず彼女の秘所に口づけた。

「あ、あ、あああっ」

じゅう、と大きな音を立てて、彼女から溢れる蜜を啜《すす》る。

それだけでまたイってしまったのか、彼女はびくびくと身体を震わせている。

「も……っあ、もう、やだぁ」

彼女はまだ、政喜に抵抗しようとするほどの理性を残している。

その恥じらう姿は政喜の心の内にある仄暗い部分を喜ばせる。

それはそれで愉《たの》しいが、もっと彼女におかしくなってほしい。

政喜だけを見て、政喜だけを感じて、政喜以外はいらないと言わせたい。

政喜は彼女の脚を自分の肩にかけ、柔らかな太ももに頭を挟まれながら、指と舌を存分に使い、彼女の弱いところを貪《むさぼ》った。

「んぁ、あ、もう、そこ……っああっ」

「ここから、詩子さん成分が溢れているから……止まらないんです」

「や――ッ」

ぎゅう、と彼女の脚が政喜の顔を締め付ける。

政喜はさらに上体を起こし、彼女の腰を浮かせると、首まで真っ赤になった彼女に見せつけるように舌を伸ばした。

「ん――ほら、こんなに溢れてるから、舐めないと。零れてしまう……でも、まだ足りない。詩子さん、もっと出して」

「やだやだや――ッ」

身を捩って暴れる彼女を押さえつけ、政喜は執拗にそこだけを舐めしゃぶった。

ぼろぼろと彼女の目から涙が零れ落ちる。

涙も彼女の大事な成分だから、後でちゃんと舐めようと考えていると、その目はすっと細められた。どうやら睨まれているようだ。

「ん、どうしました、詩子さん。もっと？」

「……っもう！　ちがう！　私……っ私だってっ」

彼女は泣きながら怒っているようだ。

身体を震わせているのは、快感を得たからではなく怒りのためかもしれない。

どうして怒っているのだろう、と政喜は一度手を止め、彼女の様子を確かめる。

もっと他の場所も触ったほうがよかっただろうか？

放置されている胸が寂しかったのかもしれない。

頑張って考えを巡らすが、彼女は依然として強い視線で政喜を睨んでいた。

「……私、も、足りないって、言ったのに……政喜さんの成分、が、足りない、の……っ」

彼女の言葉が耳に届いた途端、頭が理解するよりも先に、本能が政喜の身体を動かしていた。

「あ、あ――ッ」

彼女がひと際高い悲鳴を上げたのは、政喜が勢いよく彼女を貫いたからだ。

しとどに濡れた彼女の秘所は、痛いほどに張り詰めていた政喜のすべてを受け入れてくれる。

彼女の中は、切ないくらいに気持ちが良かった。

「う、わ……っ詩子、さん、やばい、本当、やばい……っ」

「ん、んっん……」

小さく腰を揺らしただけで頭に血が上っておかしくなりそうだった。

彼女の中は熱く、柔らかいのに、政喜の猛りを強く締め付ける。

こんなの、もう抜けるはずがない。

このままずっと、彼女に埋まっていたい。

さらに深くまで繋がりたいと、強く腰を押しつけた。

「んあんっ」

「詩子、さん……っ」

繋がるだけでは足りない気がして、政喜は彼女の身体を引き起こし、ぎゅっと抱きしめる。

「あぁんっ」

自重《じじゅう》でさらに深くに当たったためか、びくりと背を震わせる。

撥ねるように腰を動かす彼女をもっと味わいたいと、政喜は腕に力を入れた。

「詩子さん、詩子さん」

自分が何を欲しているのか、わかっているがうまく言葉にならない。

ただ、彼女が欲しい。

彼女だけいればいい。

「詩子さん」

それがどうすれば伝わるのかがわからなくて、政喜は必死で彼女の名を呼んだ。

「ん……っ政喜さん、すき……っ」

「――――」

耳に届いたその言葉は、本物だろうか。

本当に彼女が、言ったのだろうか。

すみやかに、自分の脳内の一番大事な場所に今の声をインプットするが、本物だったかが怪しくなって、政喜は彼女の口元に顔を寄せた。

それをどう取ったのか、彼女の手が政喜の顔にかかる。

細い指が政喜の頬を撫でて、首からうなじに這わされ、最後にしっかりと政喜を抱きしめるように背中に回る。

「……好きです、もう……好き」

「——っもう、だめだ！」

彼女の声を聞いた瞬間、身体が激しく動いていた。

あまりの激しさに、彼女は声も上げられないまま揺さぶられている。

何も考えられず、ただ興奮と情欲だけが増していく。身の内に堆積していく欲望を解放したかった。それだけしか考えられなくなって、政喜は強く彼女の最奥を突き上げた。

「————ッ」

すべてを絞り取るように強く締め付けられて、政喜は彼女の中で絶頂に達した。

しばらくの間、華奢《きゃしゃ》な身体を抱きしめたまま、荒い呼吸を繰り返す。

息が整い始めたところで、ぐったりとこちらに身体を預ける彼女をベッドに横たえた。

彼女の形の良い胸が大きく上下している。まだ息苦しそうだ。

彼女は政喜を狂わせたかったらしいが、自分はとっくに狂っている。

彼女も同じだけ狂ってほしいと思っていたのに、また負けてしまったなと苦笑する。

自分は彼女の言葉ひとつで、簡単におかしくなってしまえる。

たった一言が、政喜の胸を痛いくらいに締め付ける。

政喜はその言葉が欲しかった。出会ってからずっと、欲していた。

ふいに、目が熱くなるのを感じた。

「――――」

何も言えず、政喜は彼女にもう一度くっつくように抱きしめる。

「……まさ、き、さん？」

彼女にすり寄る仕草は、子供が甘えるようになっていたかもしれない。

好きだ。

好きで好きで、もう他に何も要らない。

何も考えられない。

彼女さえいれば、心はこんなにも満たされる。

政喜をおかしくさせるどころか、温かく柔らかなもので包んで、どこにも逃げ出せないようにさせるのは、彼女にしかできないことだ。

そして政喜は、気づいた。

ああ、もうずっと前から、もう自分のほうが、囚われていたんだ――

彼女を閉じ込めて、他の誰にも見せないで、自分だけのものにしたかった。

それができたらどんなに幸せだろうと思っていたのに、そもそも自分が彼女の囲いの中に入ってしまっていることにようやく気づいたのだ。

「……もう、逃げられない」

「……え？　なにが？」

どこか舌ったらずな声が、政喜に問いかける。

政喜はもう一度ぎゅうっと彼女を抱きしめてから、少し身体を起こした。

「……僕は、詩子さんから逃げられないんです。だから……今度は詩子さんを僕から逃げられないようにしなくては」

「……はい？」

理解できない、と首を傾げる仕草がまた愛らしい。

わからないなら、身体に教えてあげるつもりだった。

「あ、あ……っ!?　ちょ、ちょっとま、待って、また……っ!?」

「また、ではなく、まだ、です。まだ詩子さん成分が足りないし、さっきは僕のほうが負けてしまったから、今度はちゃんとします。大丈夫、一度イったから、次はもっと長く保てます」

「は――あっ、ちょ、ちょっと待って！　負けたとかそんな――や、やめ、私は、もう！」

慌てる彼女の唇が可愛くて、政喜はすぐにそれを塞いだ。

そしてもう一度、彼女の温もりに溺《おぼ》れていく。

もう、時間は気にしなくていい。

自分たちの時間は、この先もずっと続いていくのだから。

*

よくよく考えれば、朝から会社を抜け出すなんて、社会人としてどうかしている。

詩子はほとほと自分に呆れていた。

自分のしでかしたことを思い出すと恥ずかしくて引きこもりたくなる。

桐山に横領犯扱いされ、周囲からも厳しい目を向けられたショックで頭がおかしくなっていたとはいえ、仕事を放棄していい理由にはならない。

ましてや、延々と肉欲に耽《ふけ》っていいわけではないのだ。

詩子が正気に戻ったのは、すっかり日が落ちてホテルの外にネオンが輝く頃だった。

いったい自分は何をしていたんだろう、と呆然としたが、全身の疲労感と、未だ治まることのない疼きが詩子に事実を伝えてくる。

どのくらいいたしていたのか、後半の記憶は曖昧だ。

セックスが気持ちいいなんて、止められないことがあるなんて、詩子は政喜に初めて教えられた。

でも、あまり知りたくなかった……

知ってしまうと、のめり込んでしまいそうになる。

そんな自分を心配しているうちに、思い出したように身体が空腹を訴えた。するとそれを察した政喜が、何故か上機嫌で母親のように甲斐甲斐しく世話をしてきた。

母親のように、というと語弊があるかもしれない。

ベッドから動けない詩子を、簡単に抱き上げてソファに移動させ、朝食も昼食も夕食も兼ねた大量の料理を、手ずから食べさせられただけでなく、官能をもう一度高めるように触れられた。それは、決して母親の行為ではない。

少しでも隙を見せると、食事のために開けた口を政喜に奪われかねない勢いだった。

「詩子さんが、心配で」

本当に心配？

詩子はにこにこと機嫌のよさそうな彼の言葉を、言葉通りに受け取りはしなかった。

本当に心配なら、詩子がこんな状態になるほど抱きつぶさないでほしかった。

これではまるで、詩子を動けなくして、政喜がいなければ生きていけないように躾《しつ》けられているようだ。

まさかね——

そんなふうに思ってしまった自分を笑って否定する。

「詩子さん、次は何を食べますか？」

嬉しそうに詩子に訊いてくる政喜の顔を見て、詩子はもう一度自問した。

——まさか、ね？

詩子はそんな自分の推測に勢いよく蓋をする。

怖かったわけではない。むしろ、彼にどろどろに甘やかされて身動きが取れなくなってもいいかな、という気持ちが湧き上がりそうだったからだ。

詩子は気持ちを切り替えて、あの後会社がどうなったのかを政喜に確認することにした。

詩子が意識を手放したあとも、政喜はずっと起きていたようで、会社や社長にちゃんと連絡を取り、その後のことも聞いていたらしい。

「——桐山の処分は、まぁ解雇でもよかったんですけど、告訴して賠償請求するとなると、会社のイメージ的によくないですし、額もそんなに大したものでもなかったので、降格の上、転勤させて、横領した金は働いて返してもらうことに決まりました」

横領仲間のヨコザワの社員も仲良く一緒です、と政喜は笑う。

つまり、会社のイメージダウンを防ぐため、桐山はあえて逃がさないことになったようだ。とは言っても、すでに噂が広まっていたのは事実なので、どこまで抑えられるかはわからないはずだ。けれど「その時はその時です」と政喜に笑顔で返された。

「転勤って……どこへ？」

館下建材は、本社と東支店。それから港街に倉庫があるだけだ。

いったいどこへ向かわせるというのか。

「あの男は、名城コーポレーションで引き取るんです」

「――えっ」

それでは降格ではないのでは、と驚くが、政喜はそれだけではないと言った。

「名城コーポレーションは世界中に支社があるので。その中のアラスカ支社に送ります」

「……えっ」

詩子はもう一度驚いた。

アラスカって、あのアラスカ？　えっとシロクマとかしか思いつかないけど――

詩子の空転した思考を、政喜が拾うように教えてくれる。

「いやー、あそこ、本当に何もなくて。先々代の社長が面白がって建てたらしく、場所はアラスカ半島に近いんですけど、時々熊と出会えるとっても自然豊かな場所ですよ。半分くらい雪に埋もれる時期もあるようだけど、頑張れば車で一日かけて都市部にだって行けるし、自分を見つめ直すには最適なところじゃないかと思います！　そこで営業をしてもらうつもりです。もちろん、業績を上げなければ給料査定に響くので頑張ってもらいましょう」

「………」

自分を見つめ直すどころか、発狂しそうな気がするが、詩子はあまりに嬉しそうな政喜に何も言えなかった。

けれど、彼の表情をよくよく観察してみると、どこかひやりとしたものを感じる。もしかして、本当は怒っているのでは、と気づき訊ねてみる。

「……あの、もしかして、怒ってる……の？」

おずおずと聞いた詩子に、政喜の笑みが一層深くなった。

「まさか！　感謝してるんですよ、僕は。五年前に詩子さんを最低な行為で捨てておいて今回も態度が気にいらないという理由で罪を押しつけようとした男なんて、詩子さんと別れてくれてありがとうと、感謝しどおしですよ」

これが怒っていないという人の雰囲気だろうか。

怒られていないはずの詩子の背筋まで震わせる政喜は、手を伸ばしてその腕に詩子を抱いた。

「……詩子さんが、傷つかなければ、僕はそれでいいんです」

小さく吐き出されたその呟きは、彼の本心だろう。彼の優しさに触れて、詩子は自然と笑みが戻った。

自分も頑張って腕を動かし、大きな背中に回してみる。

「――私、あんな人のために傷ついたりしないわ。私が傷つくのは……好きな人とのことだけ。好きな人との未来がないかもって思った時だけ」

その言葉に対して政喜の返事はなく、詩子を抱きしめる腕の力が一層強くなった。

その力強さが心地よくて、詩子はうっとりと目を閉じた。

「私を見つけてくれて、ありがとう。私を選んでくれて、ありがとう。私との未来を諦めないでくれて……ありがとう。好きです、政喜さん」

詩子の言葉は、しっかりと政喜に届いたようだ。

しばらく感極まったように、ぷるぷると震えていた政喜だったが、思い立ったように顔を上げ、そのまま詩子を抱き上げた。

「――!?」

驚く詩子をよそに、政喜はもう一度寝室へと足を向けていた。

「もう！　我慢、できない！　詩子さん成分を補充する時間です！」

そんな時間はありません！

そう叫んだ詩子の声は、政喜には届かなかったようだ。

とはいえ、絶対もう無理と抵抗しつつ、最後には受け入れてしまうだろうことはわかっていた。

こんな人だというのに、詩子は彼から離れたいと思わない。

そんな自分に呆れながらも、あの雨の日に、彼が自分を見つけてくれた奇跡に感謝した。

そして、契約までして手に入れてくれたその執拗さが嬉しくて、詩子は笑った。

終章

「えっお父さん知ってたの!?」

詩子と政喜の結婚式は、人前式となった。

想いを告げ合ったあの日から、三か月ほどしか経っていない。あまりにも急だったが、政喜が「これ以上は待てない」と深刻な顔で懇願してきたので受け入れた。詩子も早く落ち着きたいと思っていたので、彼だけのわがままと言えないところがある。

あれからすぐに式場を探し招待状の手配をして、奇跡的に友人たちの都合も合い、今日を迎えることができた。

式の準備をしていく中で、詩子は政喜にまつわる様々なことを知っていき、軽いパニックを起こしたが、それも今となってはいい思い出だ。

政喜の母が名城コーポレーションの創設者の娘だとか、父は本社の副社長だとか。弟が役員に名を連ねているだとか、名城コーポレーションのトップが従兄なのだとか。

お金持ちどころではない資産家だったとか。

政喜は昔からパソコンにのめり込み、クラッカーまがいのこともしていたらしい。なので家族としては、ただSEとして仕事をして引きこもって大人しくしてくれるならとも思っていたようだが、あまりに外に出ない政喜に不安を抱き始め、そこから引っ張り出してくれた詩子を女神のように崇《あが》めているのだそうだ。

外に出た政喜は、優秀さを知らしめるように名城で働き、情報管理室を取りまとめて世界中を回っていたらしい。

ならばこれからも海外赴任があるのかと問えば、政喜の答えは単純明快《めいかい》だった。

「詩子さんのいる場所にいます」

でないと、詩子成分が不足するらしい。

相変わらず、詩子に関してはよくわからないことを言う政喜だ。けれど、そんなふうに思ってくれる彼に喜びを感じているのだから、詩子も大概おかしくなっているのかもしれない。

詩子自身も、彼と長く離れているのは辛い。

政喜がどこかへ行くというのなら、詩子はついていくことになる。その時は、詩子は迷いなく仕事を辞めるだろう。

詩子は、この三か月、本当に忙しかったな、と振り返った。

結果として、横領事件のことは何とか公にはならなかったものの、人の口に戸は立てられない。自社に横領犯がいたマイナスイメージを払拭するべく、社員全員、必死になって働いた。

　桐山と一緒になって詩子を責めた福田は、桐山との不倫が社内の皆に知られていたせいで居づらくなったのか、あのあとすぐに退職してしまった。

　政喜が新しく受注した図書館の仕事は、他の営業に引き継がれることになった。政喜は詩子のいる会社に残りたいと切実に訴えていたが、いい加減戻ってくるようにと名城コーポレーション上層部から命令されてしぶしぶ戻ることになった。

　そんなことなどがあり、ようやく迎えた結婚式当日、詩子は自分の家族と話をする中で新たな事実を知ってしまったのだ。

　両親は、初めて会った時に、政喜が名城コーポレーションの人間だと知っていたらしい。あの時渡された名刺には、政喜の本当の所属部署が書かれてあったようだ。

　それであの時驚いていたのかと、詩子は今になって理解した。

「お姉ちゃんが――詩子が、本当にやりたいことをやって、好きな人と一緒になって、幸せになってくれるなら、親としては何も言うことはないんだよ。今まで、たくさん助けてくれたからね、この先は、政喜くんを助けて、助けられて、幸せになるんだよ」

「……お父さん」

「お姉ちゃんはどんなお姉ちゃんだって、私たちの憧れで大好きなお姉ちゃんだからね。

思いっきり幸せになってね。これまでずっと、私たちだけのお姉ちゃんでいてくれてありがとう」

家族は詩子の努力を知っていた

詩子に期待をかけていた妹たちも、それが詩子の幸せのためだというのを、もう知っている。

こんなに幸せなのに、さらに幸せになろうなんて。

詩子はこんな感情を一言で表せるような言葉を知らない。

それでも想いだけは溢れてくる。泣き顔を見せたくないと思うのに、詩子は泣き笑いになるのを堪えられなかった。

人前式にしたのは、神でなく、仏でなく、列席するすべての人に、証人になってもらいたかったからだ。

呼んだのは詩子と政喜の大事な人たちで、この日ばかりは、上司も部下もない。

教会スタイルだが、場所は建物の前に広がるガーデンスペースだ。

様々な花で彩られたアーチの下で、詩子は政喜と手を繋いだ。

三つ揃えのスーツ姿でもくらくらするほど格好いいと思っていたけれど、タキシードに身を包んだ政喜は目が離せなくなるくらいの美丈夫ぶりで、詩子は打ち震えてしまった。

手の震えが伝わったのだろう、政喜は詩子を見て柔らかく微笑んだ。

心配することなど何もないと言ってくれているようで、詩子の心は温まっていく。

進行役をしてくれたのは、政喜の弟の政文だった。

ふたりの出会いを簡単に説明して、これからのふたりを祝福するための言葉を紡いでくれる。

そして次に、詩子たちの誓いの儀となる。何を言うべきか、あらかじめ話し合った。

ふたりのこれまでと、これからが、もっと喜ばしいものであるように。

どんなことがあっても、ふたりで乗り越えていくように。

何があっても、家族やみんなが側にいることを忘れないように。

いろいろと誓うことはあったのだけれど、やはり詩子と政喜が誓うことは決まっていた。

ひとつ、お互いの利益に従うこと
ひとつ、本当の夫婦のように愛し合うこと
ひとつ、信じ合い、他の異性を見ないこと
ひとつ、この契約を全うすること

以上のことを約束します
寺嶋　政喜
町田　詩子

結婚の誓いとしては珍しい文言だったかもしれないが、この契約を詩子も、そして政喜も、全うするだろう。

列席者全員から祝福されたフラワーシャワーの下で、政喜は詩子をしっかりと抱きしめた。

「――詩子さん」

「……はい？」

感極まったように目を潤ませる政喜が、にっこりと笑った。

「詩子さん成分が足りなくなりました」

ここで要求することではありません！　と詩子が思わず叫んでしまったのは、仕方のないことだと思う。

赤い顔をして新郎の胸をぽこぽこ叩く新婦を、全員が生暖かい目で見守っていたことに、詩子が気づくのはもう少し後になってのことだった。

あとがき

初めましてのかたも改めましてのかたも、こんにちは、秋野《あきの》です。

また現代物を書かせていただきました。楽しかったです。前回よりテンション高めでお送りしております。政喜くんも詩子さんも高め。私も楽しかったです。

ただ、今回改めて思ったことは、犯罪って難しい……ということです。

難しいです、犯罪って。本当、しようと思ってできることじゃないですね。

特に頭脳的なもの、頭が……頭がぁってなります。

私は犯罪者にはなれないということがよくわかりました。

なので担当様へ。毎度毎度、お世話をおかけしてすみません。今回も、こんがらがった秋野の頭を解《ほぐ》してくださり、感謝し通しです。拝まずにはいられません。

そして！　今回イラストを描いてくださった大橋《おおはし》キッカ様。もう、ラフを見た時から惚れました。詩子さん可愛い！　政喜くんチャラ格好いい！　くそう！　ってなります。

絵を見ながら、本当ににょにょが止まりません。

ちょっと飛んでる秋野のストーリーを、カラフルな世界に染めてくださるイラストに惚れ惚れいたしました。本当にありがとうございました！

最後にこの本を手に取ってくださったかたへ。

理性的だと思っている詩子さんと、犬っぷりを発揮しながら隙あらば狼になる政喜くんはいかがでしたでしょうか。ふたりとも好きなキャラですが、脇役スキーな秋野なので、実はこのふたり、というより詩子さんは脇役という設定です。

秋野の頭の中では、詩子さんの妹たちの話が元になっております。彼女らは皆、モテ系「ヒロイン」を張れる子たちなので！　そんな中にひっそりといる頼れるお姉ちゃん！　妹たちの自慢なお姉ちゃん。妹がどんどん結婚していく中、ひとり取り残されるお姉ちゃん。秋野の脇役魂をこれでもかってほど揺さぶってくれる存在です。

おかげで妄想が楽しくて仕方がありませんでした。

その想いが、少しでも伝わっていればいいな、と思います。

この本を手に取っていただき、ありがとうございました。

また次回、どこかの世界のお話で会えることを願って。

冬の日に。秋野真珠

Sonya
ソーニャ文庫

この本を読んでのご意見・ご感想をお待ちしております。

◆ あて先 ◆

〒101-0051
東京都千代田区神田神保町2-4-7 久月神田ビル
(株)イースト・プレス　ソーニャ文庫編集部
秋野真珠先生／大橋キッカ先生

契約夫《けいやくおっと》は待《ま》てができない

2018年1月5日　第1刷発行

著　　者　秋野真珠《あきのしんじゅ》
イラスト　大橋《おおはし》キッカ
装　　丁　imagejack.inc
D　T　P　松井和彌
編集・発行人　安本千恵子
発　行　所　株式会社イースト・プレス
〒101-0051
東京都千代田区神田神保町2-4-7 久月神田ビル
TEL 03-5213-4700　FAX 03-5213-4701
印　刷　所　中央精版印刷株式会社

ISBN 978-4-7816-9615-7
定価はカバーに表示してあります。